Mit seinem Debüt »Anfrage« (1960) hat Christian Geissler die westdeutsche Literatur aufgemischt: Er geht der Schuld der Väter am Holocaust nach und greift frontal die »Wir haben von allem nichts gewusst«-Haltung der Adenauer-Ära an.

»kamalatta« (1988), ein breit gefächertes Panorama des Widerstands in den 1970er/1980er Jahren, war sein letzter literarischer Erfolg. In seinem düster-visionären Roman »Wildwechsel mit Gleisanschluss« (1996) hat er die aktuelle Situation von Geflüchteten vorweggenommen und das Bild eines nach rechtsaußen abgleitenden Deutschlands gezeichnet.

»Ein Boot in der Wüste« versammelt Romanauszüge und blitzlichtartige, teilweise unveröffentlichte Textsplitter, die Geisslers Werk vorstellen und Appetit auf das Ganze machen. Seine Konsequenz, Radikalität und Zerrissenheit machen es für all jene interessant, die heute über die Notwendigkeit von Widerstand nachdenken.

Christian Geissler wurde am 25. Dezember 1928 in Hamburg geboren. Nach einem nie abgeschlossenen Studium arbeitete er ab 1956 als freier Schriftsteller. Geissler arbeitete u.a. beim NDR, war Mitherausgeber der linken Literaturzeitschrift Kürbiskern, Dokumentarfilmer und Dozent an der Deutschen Film- und Fernsehakademie Berlin.

Neben seinem Debüt »Anfrage« (1960) ist »kamalatta« (1988) sein bekanntester Roman. Er lebte zumeist in Hamburg und Ostfriesland und starb am 26. August 2008. Außer seinen Romanen veröffentlichte Geissler zahlreiche Hörspiele, Dokumentarfilme und Lyrik-Bände. Im Verbrecher Verlag erscheint eine von der Christian-Geissler-Gesellschaft betreute Ausgabe seiner Werke.

CHRISTIAN GEISSLER

EIN BOOT IN DER WÜSTE

Herausgegeben
von Sabine Peters
und Detlef Grumbach

VERBRECHER VERLAG

Mit freundlicher Unterstützung der
Christian-Geissler-Gesellschaft e.V.

Erste Auflage
Verbrecher Verlag Berlin 2020
www.verbrecherei.de

Satz: Christian Walter

ISBN 978-3-95732-449-8

Printed in Germany

Der Verlag dankt Pauline Pieper.

INHALT

WIR BAUEN EIN BOOT IN DER WÜSTE – PROLOG

Pass auf, mein Freund. Ich schreibe dir aus der Wüste. Ich schreibe dir, weil wir dich brauchen. Wir sehen gegen den Himmel das Starren der Wand gewölbt in den Sturz. Hoch hinab peitscht Schaum in das Schwarz der Täler. Dort ist unsre Arbeit. Wir bauen ein Boot. Wir wollen nicht untergehen.

Aber hier ist kein Wasser, sagst du.
Fragst, wer wir sind.

Warum lässt du dich täuschen?
Lass dich erinnern an das, was wir wissen.

Nah im Traum, fern vor uns hinter verbautem Gewässer, umkrochen von Schlamm
es dampfen die Schlieren uns gegen das Kinn
wir heben den Kopf in den Nacken
beachten die Härte des Sterns
wissen wir draußen das Schiff.
Hier das Verbot, es zu denken.

Am liebsten denken das Schiff die Kinder.
Aber das Band ums Auge.
Hörst du den Sand?
Aus ihren Rändern, vom Saum ihrer Wände, fliegt's
gegen uns weiß.

Auch wir hatten vieles vergessen.
Das ist ein Interesse.
So haben wir hier, umweht, in den Höhlen
uns niedergelassen. Wenige sind vorausgerannt bei Nacht,
bei Tage verbrannt.

Viele sind fett geworden in runden Finsternissen.

Erst als eine Frau, beim Graben nach essbaren Tieren, auf den Rest eines Schiffes stieß, fanden wir, dass wir uns haben täuschen lassen. Die Erinnerung ist genau. Genau für morgen. Jede Wüste hat Wasser. Wir brauchen für uns ein Boot. Die Fahrt geht weit. Weit über jeden von uns hinaus. Aber wir wollen hin. Bir Ould Brini.

Genau dort hin.

Dort warst auch du noch nie, mein Geliebter. Jetzt fasse Mut!

Das sei nicht zu fassen?
Was sonst.
Wir sind nicht zu fassen.
Wir brauchen dich. Jetzt, heute noch. Komm!

WO WAR IHR HERR VATER AM 9. NOVEMBER 1938, NACHTS?

Christian Geisslers Romandebüt »Anfrage« (1960) erzählt von dem Physiker Klaus Köhler, der herausfinden will, was mit der jüdischen Familie Valentin geschehen ist. Ihr hatte das Haus gehört, in dem sein Institut untergebracht ist. Seine »Anfragen« interessieren jedoch kaum jemanden und fördern das Bild einer Gesellschaft zu Tage, in der alte Nazis unbehelligt weiterleben und die Opfer sich wieder verstecken müssen. Es folgen Auszüge, die Köhler in Gesprächen mit seiner Sekretärin und seinem Kollegen Steinhoff zeigen, aber auch, wie der Gärtner Mollwitz die Vertreibung der Juden 1941 erlebt hat, wie Steinhoff im Krieg sein Bein verlor und wie Köhler und Steinhoff ihre Umgebung aufschrecken.

Wussten Sie, dass hier früher Juden gewohnt haben?

Im Gespräch mit Klaus Köhler kommt seine Sekretärin auf das Thema »Juden« – es ist gegenwärtiger, als sie geglaubt hat.

Köhler sah gleichgültig weiter nach draußen und sagte: »Beschlagenes Glas ist eine Versuchung für mich, drauf zu malen, kennen Sie das?«

»Ich wollte Sie etwas fragen.«

Er wandte sich um, kam an den Tisch.

»Wussten Sie, dass hier früher Juden gewohnt haben?«

»Der Gärtner unten hat mir davon erzählt. Verschleppt, verhungert, et cetera.«

»Ist das sicher?«

»Vergast.«

»Glauben Sie das?«

»Es gibt Bilder und Bücher.«

»Schreiben kann man viel.«

»Könnte man. Ist aber kein Geschäft.«

»Ich denke immer: was die alles reden«, sagte das Mädchen vorsichtig.

»Reden viele? Ich kenne kaum einen.«

»Die Juden, meine ich.«

»Kennen Sie Juden?«

»Nein.«

»Haben Sie noch eine Zigarette?«

Sie rauchten, links an der Schalttafel tickte ein roter Zeiger, Pulsschlag hinter Glas, millimetergenau, empfindlich und spitz.

»Wie die wohl ausgesehen haben«, sagte das Mädchen. Köhler hob die Brauen: »Wie Teufel? Glauben Sie?«

»Nein, nicht die Juden – ich meine die, die es getan haben.«

»Die meine ich auch!«

»Wie Teufel?«, wiederholte das Mädchen nachdenklich.

»Nicht wie Teufel«, sagte er und zeigte ihr eine Fotografie. Sie sah sie sich aufmerksam an: »Wer ist das?«

»Mein Vater. Ich denke, man kann das sehen.«

»Jetzt, wo Sie's sagen ...«

»So haben sie ausgesehen, die es getan haben. So wie mein Vater, und wie Ihrer, wenn Sie erlauben.«

»Mein Vater war nicht bei der SS, wissen Sie«, sagte das Mädchen mit einer Art von beschämtem Respekt.

»Mein Vater war Kaufmann, wissen Sie«, sagte Klaus Köhler, wiederholte absichtlich den kleinen, vertraulichen Beisatz und beobachtete das Mädchen aus einem Winkel hinter der Brille, ohne sich zu bewegen, »katholischer Bankkaufmann, Vorsitzender von irgendeiner katholischen Unternehmervereinigung, Gesinnung, Kreuz und Kredit, erinnern Sie sich?«

»Ich bin nicht katholisch.«

»Aber Ihr Herr Vater ist sicherlich trotzdem ein guter und freundlicher Mensch, nicht wahr?«

»Warum lächeln Sie, wenn Sie das sagen«, antwortete das Mädchen und sah unruhig über den Tisch hin, »möchten Sie noch eine zweite Tasse?«

Sie sahen zu, wie sich das Pulver schäumend im kochenden Wasser löste. Köhler genoss den heißen, kräftigen Duft. Das Mädchen nahm den Gedanken noch einmal auf:

»Wenn ich jetzt die Treppe hinuntergehe, muss ich daran denken, wie es war, als man sie hier verhaftet hat.«

»Unter der Aufsicht von Buchhaltern bekommen Verbrechen den Stil, den wir lieben: Ordnung und Präzision. Da vertraut man gern.«

»Und keiner hat gewusst, wie es wirklich war«, fügte sie rasch hinzu.

Köhler stand auf, ging hinüber zur Tafel und zeichnete aus zwei gegeneinandergestellten Dreiecken einen großen Stern. Dann wandte er sich zurück ins Zimmer und fragte freundlich: »Kennen Sie das?«

Das Mädchen sah ihn verständnislos an. Er fragte sie: »Wo war Ihr Herr Vater am 9. November 1938, nachts?«

»Wie ›nachts‹? Was war damals nachts?«

»Meiner hat geschlafen. Er wollte frisch sein für seine Arbeit am nächsten Tag. Er schlief, und während er schlief, hat man zwei Häuser weiter ohne gesetzlichen oder sonst irgendeinen öffentlichen Einspruch einen Juden erschlagen.«

»Warum?«

»Warum schläft man! – Sind die Testbogen vom Labor gekommen?«

»Noch nicht.«

»Ich kann mich gut erinnern: Tags darauf war bei uns ein kleines Familienfest, Hochzeitstag meiner Eltern. Es war wie in jedem Jahr: mittags Ananas, nachmittags Kuchen, abends für jeden ein Ei und zum Abschluss bei einer Kerze ein Stück aus dem Andachtsbuch.«

»Kannte Ihr Vater den Juden von nebenan?«

»Er mochte ihn nicht.«

»Was war mit ihm?«

»Er war Jude.«

»Aber man braucht ihn deshalb ja nicht gleich totzuschlagen.«

»Sie meinen, es sollte, im Anfang mindestens, mildere Strafen geben? Machen wir ein Fenster auf.«

Das Mädchen setzte langsam die beiden Tassen ineinander, nahm die Kanne, die Kaffeedose, den Tauchsieder und sagte: »Vielleicht habe ich etwas nicht richtig gesagt. Aber ich meine, dass man damals nichts machen konnte.«

»Wer sagt das?«

»Mein Vater.«

»Meiner auch!«

Er sah sie angestrengt an, lächelte plötzlich, nahm den Mantel und sagte: »Das Leben ist komisch. Rein in die Gaskammer, Klappe zu, Jude tot. So was vergisst sich doch!«

Sie gingen schweigend den Flur hinunter; vielleicht um einen besseren Schluss zu finden, sagte das Mädchen: »Manchmal sind Sie seltsam.«

Wie lange läuft Blut?

April 1945: Der Krieg ist längst verloren, die Rote Armee rückt vor, doch die deutsche Wehrmacht verheizt ihr letztes Aufgebot und greift rigoros gegen »Deserteure« durch.

Einhundertdreiundvierzig junge Männer marschierten mit Wissen ihrer Väter, ihrer Lehrer, ihrer Priester und ihrer Paten am 16. April 1945 bei Einbruch der Dunkelheit auf einer Straße nicht weit von Küstrin nach Osten. *Neuer Drang und neues Hoffen* hatte sie *froh und stark gemacht*, hatte ihre *Stirnen hoch ins Licht gesteilt* und so ein Drang, das ist ein Drang, und der drängt. *Vorwärts drängt er, aufwärts blickt er und fragt nicht, was gewesen sei*, denn *der Mensch ist frei!*

Einhundertdreiundvierzig junge Männer marschierten auf einer Straße, die rechts und links mit schönen alten Bäumen besetzt war. Das Astwerk der Bäume war kahl, sofern man absehen mag von den nassen, blassen, gehenkten Männern, die hier und da an den Ästen hingen, nass, denn es hatte in den vergangenen Wochen häufig geregnet, blass, denn diese Männer waren tot, gehenkt, denn diese Männer hatten endlich nach Hause gewollt, um zu leben, *doch das ging nicht an*. Warum nicht, das war auf große Schilder geschrieben und deutlich zu lesen. Fast jeder Tote hatte so ein Schild um den Hals, und die jungen Leute marschierten mit offenen Augen schweigend daran vorüber. Sie sahen staunend, erschrocken, böse, müde, in jedem Fall heimlich und ratlos nach links und nach rechts, ratlos, denn kaum einer von ihnen war älter als siebzehn; heimlich, bis der Wachtmeister vorn ein Lied befahl – drei, vier: und schon sangen *Die Vöglein im Walde*, und *die sangen so wunder-wunderschön*, dass bis auf einen einzigen in der Kolonne niemand die Drossel sah noch hörte, die im Regen oben über zwei Toten laut und einfältig vor sich hin pfiff. Dieser eine war Steinhoff.

Bis zum Deich waren von einhundertdreiundvierzig jungen Männern vierundvierzig nicht mehr am Leben. Die restlichen neunundneunzig gruben sich langsam, jeder allein, für sich, ein Loch. Wer das aus Mangel an Kraft oder aus Mangel an leiblicher Vollzähligkeit nicht leisten konnte, lag da, schrie laut – inzwischen war Nacht –, bis vielleicht einer von denen, die ihr Loch hatten rechtzeitig schaufeln können, dorthin kroch und ihn sich holte.

Kurz vor Ablauf der letzten Stunde wurde Steinhoff Zeuge einer Szene, die, sofern man absieht von den Unschicklichkeiten, die in deutschen *Schutzhaftlagern* zur gleichen Zeit an der Tagesordnung waren, an durchdachter, wohlerwogener Absurdität wohl ihresgleichen sucht.

Seit langen Minuten war kein Schuss mehr gefallen; es war still und schwarz ringsum wie in einem Haus ohne Fenster. Da kam aus einem Lautsprecher über den Fluss eine Stimme, die in deutscher Sprache beinah akzentfrei den folgenden Tatbestand laut zur Kenntnis gab:

›Es sind vor 40 Minuten zu uns übergelaufen: der Leutnant Hubert Merten, die Gefreiten Erwin Maizahn und Lothar Hartlaub, die Soldaten Fritz Cordes, Johannes Leitner und Eberhard Schäffer. Diese Leute kommen zurück. Es ist jetzt drei Uhr zweiundvierzig. Bis vier Uhr null sind sie oben am Deich.‹ Diese Szene war vernichtend genau angesetzt; das, was nun kommen würde, musste sich wie eine Lähmung auf alle betroffenen Zuschauer legen, und Ekel und Ausweglosigkeit würden schlimmer wirken als Nässe und Angst; und das, genau das war vermutlich der Sinn. Der letzte, winzige, eigene Ausweg war nun mit Hohn und mit Schmach und mit Verrat, war mit doppeltem Verrat endgültig verstellt.

Pünktlich um vier kamen die sechs langsam über den Deich, ohne Waffen, ohne Stiefel, ohne Mäntel und barhaupt, im Rücken von irgendwo unten hell angestrahlt. Sie krochen diesseits die Böschung hinunter ins Dunkel. Als einer von ihnen oben zurückblieb, sich umwandte, zögernd den Arm vor die Augen hob, fielen vom Fluss her schnell hintereinander drei Schuss, und der Mann im Licht fiel langsam, ohne sichtlichen Schmerz, vor sich hin. Die fünf anderen sah man nicht mehr, bis ein nun schwächerer Lichtstrahl sie von neuem einfing und bannte; sie blieben regungslos aufrecht stehen, bei lebendigem Leibe schon tot, und sie hoben nicht einmal, wie es doch Vorschrift ist, ihre Arme, als zwei Feldpolizisten hingingen, um sie zu töten.

Das Licht erlosch. Nur einer der Polizisten musste sein Magazin verschießen. Munitionsverbrauch neun Schuss.

Befehl ausgeführt.

Ringsum die Dunkelheit war vollkommen.

Steinhoff, der das alles aus einer Distanz von kaum sechzig Metern hatte mitansehen müssen, weinte angesichts solcher Möglichkeit, er weinte nicht aus Mitleid, sondern: dass es so etwas gibt, und er weinte plötzlich für Sekunden mit einer seinen Gedanken nicht mehr zugänglichen Gewissheit, dass eine Trennung zwischen denen, die schießen, und denen, die sterben, und denen, die zuschauen, nicht möglich ist – dass Schuld jeden mit jedem verbindet, und er wusste sekundenlang jenseits von aller Einsicht: Er war schuld am Tod dieser sechs Leute. Er sagte laut: Steinhoff, und das klang, als habe jemand Fremdes sich seine Stimme geliehen. Da warf er sich dieser Last entgegen, stemmte sie, kämpfte, bog sie weit von sich weg, hielt es so aus, kämpfte, hielt es länger aus, weinte, bis der Krampf sich jäh löste, bis er taub war, schmerzlos, gläsern wach, und der Angriff begann.

Die erste Gruppe, die sprang, starb oben auf der Wölbung des Deiches in etwa dreißig Sekunden, vollzählig – Mann für Mann.

Diejenigen, die den Sprung befohlen hatten, konnten erkennen, dass der Deich jetzt in seiner ganzen Länge schon unter Beschuss lag. Das hinderte sie nicht, der zweiten Gruppe den Sprung zu befehlen.

Einige wenige versuchten das Vernünftige: Sie nutzten das Dämmerlicht, das von Osten her über den Fluss kam, und rannten nach Westen; bis jemand ihnen entgegentrat und sie auf dem Dienstwege aus nächster Nähe erschoss.

Steinhoff sah die Feldpolizei bei ihrer Arbeit, und es wunderte ihn, was er sah, nur noch wenig. Ein neuartiges, ein mechanisches Staunen rann ihm durchs Hirn, ein Staunen, das einsetzt und abläuft ohne Spur, ein Staunen, demzufolge gar nichts sich ändert. Er wusste, er würde selbst gleich springen und dann bei den übrigen liegen, er lag schon auf dem Deich, bevor er noch sprang, *es* lag dort, ein Rest ohne Namen, den niemand mehr unterscheiden würde. Und alle Angst brannte zu Asche und deckte sanft und dörr das Feld der Vernichtung zu, keine Hoffnung auf Spuren – mit dem letzten Atem fächelt jeder sie zu.

Steinhoff sah den Feldpolizisten feindselig zu sich herkriechen: »Los jetzt, die dritte Gruppe!«

Die Hand mit der Pistole schob sich unter dem Kopf her auf Steinhoff zu. Der sah, wie hinter dem Kopf des Feldpolizisten sich eine zweite Hand hob. Aufmerksam, sachkundig, außergewöhnlich behutsam schoss diese zweite Hand dem Feldpolizisten von hinten unter den Helm.

Der Irrsinn schlug auf sich selbst zurück. Der Feldpolizist starb einen angenehm lautlosen Tod. Kopf und Hand fielen zurück in die Erde. Steinhoff sah den Mörder sich aufrichten, sah ihn den Toten sich ansehen wie ein friedliches Bild, sah ihn aber fallen, sich winden, hörte ihn schreien, heulen, winseln, fluchen und warf sich selbst plötzlich stumm über den Rand der Grube nach vorn, nach oben, kam auf die Beine, flüchtete blindlings hin auf den Deich. In der steilen Böschung roch er das Gras. Er sah sich nicht um. Er wusste, dass er allein lief. Er wusste, dass es keinen Sinn haben würde. Er zog sich mit beiden Händen durch das hohe verdorbene Gras nach oben, schob die Schultern über den Deichkamm, stellte sich langsam auf, sah unten den grauen großen Fluss und fiel über sein Bein hin nach rechts zu den übrigen Toten.

In den Stunden danach prägte sich ihm unzerstörbar die Vorstellung ein, der Schuss auf sein Bein sei der letzte Schuss überhaupt gewesen, danach habe ringsum alles geschwiegen, sei jeder Laut, jede Bewegung erstorben; brütende Stille sei über alles gekommen, wie Nebel im Sommer über einen Baum, über ein Haus, über ein Dorf, über eine Stadt, über ein ganzes Land kommt. Nur eine Drossel hatte gesungen. Das klang, als sei in der Nähe ein Haus. Gab es denn Häuser?

Als alles still blieb, betastete er sein Bein und hob dann erst den Kopf. Der Deich zog hoch und frei in einer schönen Schwingung nach Nordwesten. So weit Steinhoff sehen konnte, war die Wölbung mit Toten bedeckt; nach Süden das gleiche: Tote, Nebel, die Drossel und unten der Fluss, sonst nichts.

Aber er war noch am Leben.

Wie lange läuft Blut?

Nicht lange, und auch er würde aus der Mitte fortgleiten wie alles andere, und die leere Mitte wäre ganz und gar und auf Ewigkeit hin das Letzte.

Graues Licht legte sich matt wie Staub auf die Hände und die Gesichter der Toten, unfasslich überflüssig kam irgendein neuer Tag. Warum blieb es nicht dunkel? Warum sah man, wenn es doch hell wurde, keine Gesichter, keine Bewegung, kein Leben?

Wie lange läuft Blut? Er horchte. Zwei Enten flogen spitz hintereinander mit sirrendem Flügelschlag hinunter zum Fluss. Im Westen, schon weit im Westen, fiel ein Schuss, lebte der Kampf auf, *lebte*, was für ein Spuk. Er horchte. Nichts sonst. Auch das Blut war nun still, das rinnende, sickernde Pochen oben im Bein war zur Ruhe gekommen.

War das der Tod? So leise? So vollkommen friedlich?

Der vollbringende Tod … Im Kampf sterben … Eine große Seele verschwenden … war das der Tod?

Er horchte, und plötzlich spannte sich jede Faser seines Leibes zum Ohr hin: noch weit im Norden, aber schon jetzt unverwechselbar deutlich, hörte er Panzerketten. Das flimmernde, schabende Klirren wirkte auf Steinhoff wie blendendes Licht, stieß in jeden letzten, schützenden Winkel. Jetzt wusste er erst, dass das alles noch nicht der Tod war. Der Tod schob sich schwarz, tonnenschwer, stahlhart erst auf ihn zu.

Er wusste, dass es in diesem Abschnitt keinen deutschen Panzer mehr gab; das hatte man ihnen, wohl um Verwechslungen zu vermeiden, vorsorglich zu Beginn des Kampfes mitgeteilt. Zugleich hatte man ihnen gesagt, dass es schrecklich sei, lebendig in die Hände der Russen zu fallen. Man hatte ihnen mit Worten Bilder gemalt, ohne dabei zu bedenken, dass diese Bilder verblassen mussten angesichts von konkreten Alleebäumen und gehorsamen Feldpolizisten. Ich kann winken, dachte er, sie wissen nicht, dass ich noch lebe. Noch einmal, unzerstört, traumhaft unzerstört, wölbte sich Hoffnung über den Deich: Ich kann winken. Aber dann verklammerte er seine Arme, damit sie kein Zeichen gäben. Er hörte die schlagenden, schweren Ketten. Er sah Schatten, Gesichter, Fratzen, schwarze Mienen, grässliche Bilder. Er schrie laut auf. Er schrie, weil man ihm jeden Ausweg verstellt, jede Hoffnung zerschlagen hatte. Er schrie laut über die zerschlagene, verratene Hoffnung. Er, der einzige, der noch schreien konnte, schrie für alle anderen laut Scham und Empörung und Heillosigkeit in das wüste Grau dieses Tages.

Er lag da und schrie.

Er presste die Arme kreuzweise über die Brust wie ein Mann, der betet. Er sah blind, hörte taub, wie nah der Tod war.

Und er versuchte in letzter Sekunde vorher zu sterben, vorher, ohne Waffe, ohne Gewalt, einzig und allein in der Erinnerung an den Verrat.

Er starb, und seine Arme hoben sich, schnellten, hoben sich leicht von ihm weg, kreisten und pendelten wie an locker gehaltenen Fäden, seine Stimme löste sich kreischend laut, sein Kopf reckte sich auf und sah: die Walzenketten erstarrten nah über seiner Schulter, bebten, fielen klirrend in sich zurück. Steinhoffs Arme pendelten noch ein-, zweimal eilig aneinander vorüber und sanken dann leicht und ruhig hin über sein Gesicht.

Über die Ketten und über die Toten sprang flink und freundlich ein kleiner, hässlicher Mann, zwei andere Männer folgten. Sie stellten sich über ihn, lachten, hoben ihn auf, legten ihn auf die Stahlplatte unter das Rohr, gaben seinen Händen rechts und links einen Halt, verschwanden und lachten.

Der Panzer rollte auf der Höhe des Deiches weiter nach Süden. Sie verließen den leeren, trostlosen Kreis. Der Morgen dehnte sich bis an alle Horizonte. Ein herrlicher Tag! Der Horizont lag zum Greifen nah.

Steinhoff sah. Er hielt sich mit beiden Händen fest, wie die Männer es ihm gezeigt hatten. Als der Panzer nach Osten abschwenkte, fürchtete er, bei der Abfahrt über die steile Böschung den Halt zu verlieren, aber einer der Männer setzte sich zu ihm nach draußen, hielt ihn, rauchte, lachte, »dawai!«, rief er, »dawai!«, lachte mitten in Steinhoffs Gesicht.

… auch in deinem Namen

Köhler und Steinhoff blicken aus dem Institut in den Garten einer psychiatrischen Klinik. Die Nazis hätten die »Kranken« im Rahmen der Euthanasie damals ermordet – ein Gespräch über Schuld, Scham und Verantwortung.

»Hast du vergessen, dass man die ganze barbarische Mordbrennerei von *Narvik* bis *Athen*, von *Bordeaux* bis *Moskau* auch in deinem Namen angestellt hat? Du solltest dich besser erinnern, Steinhoff: man hat *im Namen der Zukunft unseres Volkes*, man hat *für das heranwachsende freie Geschlecht*, man hat *zur Eroberung neuen Lebensraumes für die deutsche Jugend* Millionen Menschen ermordet!«

»Bist du verrückt?«

»Bist du Deutscher?«

»Es heißt so. Allerdings würde ich es in diesem Augenblick vorziehen zu sagen: nein.«

»Feigling.«

»Würdest du das letzte noch etwas erläutern, bevor wir uns trennen?«

»Entschuldige.«

»Ist gut, du bist mir sympathisch.«

Klaus Köhler stand jetzt wieder in der Nähe des Fensters. Unten im Garten saß immer noch das Mädchen. Er öffnete das Fenster, das Mädchen hob den Kopf und sah ihn an. Es schien zu lächeln, als er das Fenster rasch wieder zudrückte. Er sagte, das Mädchen im Rücken:

»Du sagst, die da unten ist verrückt. Mehrere Tausend sogenannter Verrückter sind damals *abgespritzt* worden, nur so am Rande, Begründung: *damit unsere Jugend schönere, bessere, größere Schulen und*

Spielplätze bekommt. Wir waren damals Kinder, gut. Aber unsere Väter waren erwachsen. Du sagst, dein Vater geht dich nichts an. Was für ein Unsinn. Weil es peinlich ist, einen Versager zum Vater zu haben, leugnest du ihn, aber er bleibt dein Vater. ›Den Vater‹, ›den Lehrer‹, ›den Priester‹ gibt es nicht. Wenn sie lügen, müssen wir sie veranlassen, die Wahrheit zu sagen, oder wir lügen selbst; wenn sie etwas verschweigen, müssen wir sie zwingen zu reden; wenn sie leugnen, müssen wir sie ermutigen zu gestehen; wenn sie es nicht tun, müssen wir es für sie tun.«

Er saß unerwartet vor einer bestürzenden Last, als er das sagte. Er ging hin zu seinem Stuhl. Hingekauert, krumm saß er da und fuhr fort:

»Kein Vater ist allein schuldig, sofern es überhaupt Sinn hat zu sagen, er hat einen Sohn. Kein Mensch ist allein schuldig, sofern es überhaupt einen Sinn hat zu sagen, er hat einen Mitmenschen. Gut, es ist nicht deine Schuld und nicht meine, was an faktisch Vergangenem vorliegt, aber es ist sehr wohl unsere Schuld, was in Zukunft mit dem, was war, geschieht. Man kann das, was war, nicht trennen von dem, was kommt, man kann nicht vorwärtslaufen, ohne zu wissen, woher man kommt! Man kann, ja, aber man sollte nicht, sofern vorwärts laufen nicht heißt: sich selbst davonlaufen!«

»Komm, komm«, unterbrach ihn Steinhoff ungeduldig, »Monolog, hör auf damit, zur Sache. Was redest du dauernd von Schuld? Hier haben Juden gewohnt, man hat sie vergast, was noch?«

»Was noch? Eins noch: hier haben Juden gewohnt, man hat sie vergast – *wer* nimmt ihren Tod auf sich, nicht *was*! *Wer* quittiert für ihr Leben, nicht *was*!«

»Wer quittiert für mein Bein?«

Die Frage stand da. Köhler wurde unsicher.

»Seit wann nimmst du dich so wichtig?«, fragte er spöttisch.

Steinhoff verfärbte sich: »Sei vorsichtig, Bürschchen! Aber gut, also nicht mein Bein, also anders: Wer quittiert für die vierzig Toten in dreißig Sekunden? Wer nimmt die tausend mal tausend zerschossenen

Beine, Köpfe und Mägen einer einzigen Nacht auf sich? Keiner! Wir sind auch verreckt wie die Hunde, und da weint keiner. Wozu auch? Was da passiert ist, das nennt man Heldentod, geschichtliche Konsequenz – warum also weinen? Nein, da weint niemand.«

»Du hast selbst geweint, sagst du. Für die andern. Das genügt.«

Steinhoff lächelte bösartig sanft. »Nein«, sagte er leise, »o nein, mein Lieber, das genügt nicht. So wichtig kann ich mich gar nicht nehmen, denk nur! Aber komm, trink, das gibt was zum Aufstoßen«, sagte er munter. Als er jedoch sah, dass Klaus Köhler nicht darauf achtete, trübte sich seine Stimme wieder: »Rede weiter von deinen armen Juden. Vielleicht kann ich dir doch noch was beibringen, ich Feigling.«

»Eins noch, Steinhoff, bitte hör zu, ich möchte verdammt wissen, wer von uns beiden verrückt ist: wo lässt du, du bei dir selbst, die Kenntnis von der Ermordung einer einzigen jüdischen Familie durch unsere Leute?«

Es entstand eine kleine Pause, Steinhoff richtete sich hartnäckig auf:

»Bist du fertig? Erstens: Faschisten sind nicht ›meine Leute‹, und wenn es mein Vater ist. Meine Leute sind drüben. – Zweitens: Massenliquidationen interessieren mich als persönliche Schuld nicht im Geringsten, das ist Kitsch, das ist nur immer wieder der alte, faule, parasitäre Subjektivismus, den man hier bei uns pflegt, um klares Denken zu verhindern. Man muss das geschichtlich sehen, mit anderen Worten: es ist nicht wichtig, *dass* liquidiert wird, sondern *wer* und *weshalb* liquidiert wird. Jemanden aus religiösen Gründen, zum Beispiel bloß weil er Jude ist, zu liquidieren, ist Magie, ist fauler geschichtlicher Rückstand, purer Schwachsinn! Einen jüdischen Kapitalisten zu liquidieren jedoch kann, sofern seine Uneinsichtigkeit aggressive Züge annimmt, notwendig sein, das heißt: richtig. – Mehr noch, ein Beispiel aus eigener Erfahrung: '45, in den Monaten, als ich drüben war, hatten wir einen Chef, deutscher Emigrant, aktiv, unheimlich gescheiter Bursche, eine Spur zu aktiv vielleicht. Revolutionsgeneration: Sein Bruder, auch Emigrant, war irgendwann unter Stalin liquidiert worden, unschuldig. Ich höre das, gehe zum Chef, mal sehen, wie der das verkraftet, denke ich. Was sagt er? ›Hör zu, mein Junge‹, sagte er, ›am Anfang war es ein bisschen schwierig für mich, dann habe ich es begriffen, ich will es dir an einem Bild erklären: wenn jemand Krebs hat, dann muss man, um möglichst sicher eine Heilung zu erreichen, auch gesundes Fleisch rundherum wegschneiden, sicher ist sicher. Mein Bruder war gesund, gut, aber: das Gesetz der Geschichte verlangt Disziplin, capito?‹ Na bitte! Was ist ›Schuld‹? Schuld ist das Verpassen des geschichtlich Notwendigen. Ende.«

»Ende.«

»Gehen wir essen. Du siehst schlecht aus.«

Aber Köhler sah noch eine Möglichkeit. Er ging unruhig ein paarmal im Zimmer auf und nieder, nahm achtlos einen Briefbogen, hielt ihn gegen das Licht und fragte möglichst leichthin:

»Erlaubst du eine persönliche Frage?«

»Nicht so sehr.«

»Wen liebst du?«

Steinhoff sah ihn offen an und zögerte keine Sekunde:

»Niemanden.«

Er kostete aufmerksam die ratlose Bewegung, mit der Köhler seine Brille vorsichtig tastend auf und ab schob, und es machte ihm Freude, rasch noch nachzuschlagen. Er sagte, ohne dabei die furchtbare Drohung, die darin liegen konnte, zu bedenken:

»Was schaust du so traurig? Oben auf dem Schrank liegt ein Spiegel, sieh dich an! Du liebst, o ja, du liebst! Unter anderm dich selbst. Und du wirst verrückt dabei werden. Siehst jetzt schon manchmal so aus.«

»Ist das dein Ernst?«

Steinhoff sah ihn fragend an.

»Die da unten ist verrückt, sagst du«, fuhr Köhler fort, »was würdest du tun an ihrer Stelle?«

»Aufhängen.«

Klaus Köhler nickte unmerklich und lächelte.

Ich hatte nicht viel mit den Leuten zu tun

Rückblick: Der Gärtner Mollwitz, seit 1924 im Dienst der Familie Valentin, verharmlost die Bedrohung der Juden 1933 noch, in der Nacht des 10. Oktober 1941 ist er dabei, als die Familie Valentin abgeholt wird.

Anton Mollwitz blieb bei der Tür stehen. Alle sahen ihn an.

»Danke, dass Sie gekommen sind«, sagte Herr Dr. Valentin, »bitte, kommen Sie hierher zu uns, setzen Sie sich zu mir.«

Aber Anton Mollwitz, der niemanden ansah, blieb regungslos stehen.

»Bitte kommen Sie doch, ich wollte Sie etwas fragen. Mollwitz, was glauben Sie, sollen wir gehen?«

Anton Mollwitz schlug das Herz in den Ohren. Er hielt die Hände fest hinter dem Rücken. Er meinte, er könnte nicht reden, nie wieder. Aber er sagte: »Es tut mir leid«, und er wiederholte dasselbe gleich darauf ungeschickt laut: »Es tut mir sehr leid.«

Niemand antwortete ihm.

»Großer Mist ist das alles!«, rief er da plötzlich wie ein Kind. »Aber das dauert nicht lange, die schreien jetzt, weil sie Hunger haben, aber –«, er sah sich nach allen Seiten um und suchte ein Gesicht, das ihm Glauben schenken würde, »aber wenn sie satt sind, dann ist es vorbei!«

»Werden sie jemals satt sein, Mollwitz?« Langsam und klar fielen die Worte des alten Mannes hin wie Tränen. »Was für ein Hunger ist das? *Freiheit und Brot*? Nicht mehr? Beides kommt doch aus der Gerechtigkeit. Oder täusche ich mich? Warum also wird so getrampelt? Warum so viel Geschrei? Wer soll sterben, Mollwitz?«

»So schlimm sind die gar nicht!«, log Anton Mollwitz zitternd vor lauter Scham. »Aber wenn Sie wollen«, sagte er laut, »dann kann ich ja gehen.«

Niemand rührte sich. Erst als oben die junge Frau rief, verließ ein Mädchen leise das Zimmer.

Dr. Valentin trat dicht an Anton Mollwitz heran mit kleinen, engen, zerbrechlichen Schritten, ein Greis.

»Bleiben Sie bitte bei uns, Mollwitz«, sagte er demütig und schwieg.

Anton Mollwitz konnte anfangs auf gar kein Wort kommen. Er legte seinen Kopf merkwürdig weit in den Nacken, suchte mit dem einen Auge die Decke und die Wände entlang, als müsse er alles erst tasten und prüfen, auch er, dann sagte er:

»Ich will bei Ihnen bleiben. Es wird nichts passieren. Ich bleibe bei Ihnen. Das ist ganz einfach.«

»Aber, nicht wahr, Mollwitz, Sie wissen, dass das nicht wahr ist?«, sagte zögernd und dennoch dankbar der alte Mann.

»Hier nicht«, rief da Mollwitz, der die Gedanken der anderen kannte, »hier werden wir leben!«

Dr. Valentin antwortete erst etwas später, er sah auf die Hände von Mollwitz und sagte:

»*Wir* haben Sie gesagt, was für ein vernünftiges Wort. Aber gestatten Sie, dass ich mich dennoch fürchte.«

In dem vorsichtigen Respekt seiner Worte und in der Art, wie er sie setzte, lagen die Last und der Trost eines langen, glücklichen Lebens. »So ein Wort«, fuhr er fort, »selbst so ein einfaches Wort, Mollwitz, kann eines Tages bitter schmecken wie Galle. Man wird es ausspeien wollen, um nicht zu sterben. Was für ein Elend ist die Angst vor dem Tod«, sagte er leise und wandte sich langsam ins Zimmer zurück:

»Wir bleiben hier. Gehen wir schlafen. Die Zeit vergeht. Morgen hat jeder von uns wieder seine Arbeit.«

Die Zeit verging rasch, sehr rasch.

Es dauerte neun Wochen, da drohte bereits das erste Gesetz, doch gab es noch Auswege für den, der den Mut besaß, sie zu gehen.

Nach weiteren fünfzehn Wochen schloss man draußen jenen kläglichen, klugen Vertrag*, der die Hirten des Landes friedfertig konferieren hieß; und so lobten sie denn auch bald fast unisono den Herrn und den Kanzler und mahnten das Volk, *sich geschlossen zur Friedenspolitik des Kanzlers und zum Wiederaufbau des Vaterlandes im Sinne der neuen Staatsordnung zu bekennen, denn die Feindschaft zwischen Liberalismus und Katholizismus ist eine letzte und unbedingte*, so tönte es heilig im Gleichschritt von Ort zu Ort.

Zwei Jahre später heiratete Rechtsanwalt Dr. Joachim Valentin ein Mädchen, das der hebräischen Schriftzeichen ebenso unkundig war wie ihre Väter und Vorväter, ein kluges, besonnenes Kind, Martha Huber mit Namen, welches die Absicht hatte, seinem Mann die Treue zu halten. Sie wussten beide, dass Sorgen bevorstanden, mehr nicht; und sie heirateten wie zum Trotz nicht lange vor Inkrafttreten der *Nürnberger Gesetze*, welche übrigens bald schon aufs neue, rasch rasch, die geistlichen Herren trieben, den *ewigen Wahrheitsgehalt der Idee der Rasse mit dem ewigen Anliegen der Religion* geschickt zu verbinden – eine zwar unschöne Liaison im Geiste das alles, jedoch wohl dazu angetan, den künftigen Helden das Hirn zu schwächen, um ihnen hernach die Fäuste zu stählen.

Dann kam die Nacht im November, für die heimlich auch heute noch jeder von uns nach einer Ausrede sucht.

Hass und Dummheit brüllten planmäßig alles Bedenken nieder. Eine endlose, eine widerwärtige Nacht.

Als der Morgen anbrach, blickten Millionen Menschen verstohlen an den Rauchsäulen vorbei, um das Ziel, das Große und Ganze, nicht aus den Augen zu verlieren.

Als der Morgen anbrach, schwiegen Tausende stumpf in Angst und privatem Schmerz und erwarteten öffentlichen Protest, vergeblich; und aus Erwartung wurde unmerklich Erstarrung. Als der Morgen anbrach, schwiegen die Priester und die Schriftgelehrten.

Dr. Valentin klopfte nicht an, bevor er das Gartenhaus betrat. Er wusste, er durfte zu Anton Mollwitz jederzeit kommen wie zu einem verlässlichen Sohn. Was er dann jedoch sah, das ließ ihn, trotz seines hohen Alters, zittern vor Freude und vor Entsetzen:

»Was soll das, Mollwitz, um Gottes willen, was tun Sie?«

Anton Mollwitz stand vor einem kleinen Spiegel und schwieg. Die Antwort, die er sich in elenden, langen Stunden selber gegeben hatte wider alles Zögern und wider allen Respekt, wagte er jetzt dem Hausherrn nicht anzubieten. Er stand da mit hängenden Händen in seiner faltigen, derben Jacke aus Loden, und links, auf der Brust links, schon fest vernäht, leuchtete gelb der Stern, das erst seit Tagen verordnete Zeichen der Auserwählten. Dr. Simon Valentin hob unwillkürlich die linke Hand und deckte sie über den Stern bei sich selbst. So ging er auf Mollwitz zu. Der versuchte es noch einmal wie damals: er bog den Kopf weit zurück in den Nacken und wollte so warten. Aber als vor ihm der alte Mann anstatt eines Wortes schlaffe, zuckende Laute lallte und in kleinen, krampfigen Stößen Luft ausstieß und wieder zurücknahm, da sah er, auch ohne zu sehen, und weinte. So standen sie da voreinander und rührten sich nicht.

Erst als Dr. Valentin ein feines silbernes Messerchen aus seiner Rocktasche nahm, erkannte Anton Mollwitz, was jetzt geschehen sollte. Er legte beide Hände schützend über den Stern. Sie sahen sich an.

»Was kann man sonst machen?«, fragte er tonlos.

»Nichts.«

»Warum bin ich nicht so wie ihr?«

»Warum freust du dich nicht?«

»Mein Gott, bin ich verrückt? Man wird euch alle totschlagen!«, rief er laut.

»Sie sollen leben, Mollwitz.«

»Warum soll ich leben? Bin ich verrückt?«, rief er lauter.

»Nein, Mollwitz. Sie sind der einzige normale Mensch, an den ich mich bis zuletzt erinnern werde.«

»Ich will so leben wie Sie!«

»Du wirst, schon bald vielleicht, froh sein, dass du nicht so sterben musst wie wir.«

Mollwitz ließ seine Hände sinken, Dr. Valentin machte sich an die Arbeit. Er war plötzlich noch kleiner als sonst. Er beugte sich mit seinen alten, angestrengten Augen dicht über den Stern und zertrennte mit kleinen, exakten Schnitten die Fäden. Mollwitz hörte jedes Mal deutlich den Riss, wenn ein Faden zersprang. Jeder Faden ein Band, jeder Schnitt unwiderruflich trostlos genau.

»Was ich Ihnen noch sagen wollte«, Dr. Valentin wandte sich aus der Tür noch einmal zurück, »die Wühlmäuse, Mollwitz, ich denke, wir lassen sie leben. Was macht das, wir lassen sie leben. Gute Nacht.«

Die Nacht war nicht gut.

Vor Morgengrauen kam ein großer, verhängter Wagen vor das Tor; wortlos umstellten Männer das Haus; Blendlicht suchte über die Wege und über die Fenster.

Man ließ ihnen eine Stunde Zeit.

Unnötig viel Zeit; sie hatten längst jeder das Seine gepackt. Sie waren auf diese Stunde gut vorbereitet. Es hatte den Anschein, als sei es im klugen Interesse von allen gelegen, diese wichtige Spanne letzter eigener Zeit zu schonen, ja, vielleicht darf man sogar sagen: zu würdigen durch das Vermeiden auch der geringsten Üblichkeit, mit der sonst so vielfältig Tage und Stunden eines jeden angefüllt sind. Die bevorstehende *Abschiebung*, wie man ihren planvollen Tod in Fachkreisen damals nannte, war den Erwachsenen der Familie durch Wochen und Monate hin bekannt gewesen. Was jetzt kam, das sollte in seinem Ablauf exakt und unwiderruflich geschehen, ohne sichtbare Störung, genau, tröstlich genau. Aber die Zeit verging langsam, strich leer über das letzte Stück Weg. Die Beamten schwiegen, erlaubten, korrigierten das Unerlaubte, versahen aufmerksam, beinah diskret ihren Dienst, und so war bei den einen jede Minute angefüllt mit unerwartet großer Verlassenheit, bei den anderen mit vertrauter, präziser Gewalt. Keinen Aufschub gab es, keinen Ausweg, kein Wort mehr.

Dr. Simon Valentin stand mit seiner Familie unten unter der hohen Decke der Halle vor den Bildern zwischen den Spiegeln. Sie redeten nicht miteinander, sie sahen sich auch gegenseitig nicht an; nur einmal legte einer der Söhne seiner Frau, die noch weinen wollte, die Hand vor die Augen. Es blieb also still. Es gibt nichts zu reden, wenn jeder von jedem weiß, dass ohne Ausnahme jeder das gleiche Schicksal hat.

Anton Mollwitz war, als er geweckt wurde, wie ein Kind erschrocken; auch er hatte geglaubt, vorbereitet zu sein; auch er sah jetzt, dass niemand es rechtzeitig genug begreift, was Hass ist und was der Tod ist. Es hatte jemand seine Papiere geprüft, sie waren in Ordnung, ihn traf ein erstaunter Blick, man hieß ihn sich ankleiden und mitkommen, um sich ›das da draußen mal anzusehen‹, sagte der Mann; auch würde man ihn möglicherweise noch brauchen können.

Als sie nebeneinander her durch den Garten hinaufgingen, sah Anton Mollwitz seinen Begleiter von der Seite an, fatale Neugier, wissen zu wollen, wie so ein Mensch aussieht. Aber er sah erst in der Halle das derbe, gesunde, kleinäugige Gesicht. Jetzt, beim Gehen in der Dunkelheit, waren das einzig Auffallende an dem breitschultrigen kleinen Mann seine Haare, dunkles, sehr dichtes, mähniges dickes Haar, das wie bei einem Jungen wuschelig warm und ein bisschen zerzaust den Kopf bedeckte. Beim Betreten der Halle blendete Anton Mollwitz das Licht. Er ließ sich widerstandslos abdrängen in die Gruppe der Beamten, sich selbst herausgehoben und fortgerissen, allen seinen Gedanken, Plänen und elenden Ahnungen weit voraus, stand er ohne sich selbst an der Wand, die Augen offen zu Boden gerichtet. Langsam, sehr langsam kam er sich selber dann nach, verließ er sein Haus, kam er den Garten hinauf durch die große Tür in den hohen Raum, und als er sich ansah, war er auf so viel Scham und Verzweiflung nicht gefasst. Er starrte, erstarrte und rührte sich nicht. Plötzlich fiel ihm der Mann ein, der ihn geholt hatte, und es war ihm, als sei das – grotesk genug – als sei das der einzige Mensch weit und breit mit Fleisch und

Blut. Er hob nach der Seite hin den Blick und erkannte den Mann an den Haaren. Der hielt eine Liste in seinen Händen und rief laut jeden von denen drüben mit Namen. In Antwort darauf hob sich ein ums andere Mal deutlich ein Arm, oder ein Vater hob seinen Sohn oder seine Tochter leicht auf eine sichtbare Höhe. War so die Anwesenheit jeweils festgestellt, folgten die üblichen Angaben zur Person, und war das Ergebnis gut, entsprach es der Vorschrift, dann bekam der Name, der vollständig *erfasst* war, auf der Liste sein Kreuz. Ohne Hast ging der kleine Mann seiner Arbeit nach, ohne Scheu und ohne Vergnügen.

Ein paar Leute gingen indessen, Bücher und Bilder unter dem Arm, schon nach draußen; ihnen wurde die Zeit lang; sie zündeten hinten im Hof ein Feuer an; der Anblick von Flammen ist so angenehm unermüdlich erregend.

In dieser Stunde erwachte in einem Haus jenseits des Gartens, nicht weit, nach kurzem Schlaf ein Mann. Seine Frau hatte im Traum laut gerufen. Jetzt lag der Mann wach neben seiner angsterfüllten, schlafenden Frau und dachte an seinen Sohn. Sie warteten seit fast zehn Wochen auf eine Nachricht. Bald also musste der Tag kommen, von welchem an sie beide an die Zeit des Wartens sich erinnern würden wie an eine letzte, glückliche Zeit.

Der Mann wandte den Blick zum Fenster. Auf den Vorhängen flackerte schwach von draußen ein Lichtschein. Er stand auf, schob sein Gesicht zwischen Wand und Vorhang nah an das Glas und sah drüben im Hof das Feuer. Er tastete, schlich mit den Augen rund um den Garten und sah unter der Mauer, jenseits des Gartens, diesseits also, ganz nah, im Licht des Feuers eine uniformierte Gestalt aufmerksam auf und nieder gehen, ein kurzes Gewehr, wohl eine Schnellfeuerwaffe, im Arm auf der rechten Hüfte. ›Jetzt sind sie dran‹, sagte der Mann und kroch todmüde zurück in sein Bett, ›gehn alle kaputt, alle kaputt, ganz leise, ganz schnell – und wenn's nun mal anders kommt? Wenn das man gutgeht‹, dachte er, und er schlief ein, getröstet in der einen kleinen Sekunde, in der er die Juden vergaß und sich an seinen Sohn noch nicht wieder erinnerte.

Draußen brannte das Feuer. Drinnen im Haupthaus rief der kleine Beamte zum zweiten Mal laut den Namen *Joachim Valentin*. Kein Arm hob sich. Dr. Simon Valentin kam auf ein Zeichen hin ein paar Schritte nach vorn.

»Sind Sie der Vater?«

»Ja.«

»Wo ist Ihr Sohn?«

»Er ist seit mehreren Jahren nicht mehr bei uns.«

Eine Hand schlug ihm ins Gesicht.

»Wo ist er?«

»Ich weiß es nicht. Niemand von uns hier weiß es.«

Der Mann, der ihn schlug, hielt indessen den Tintenstift mit seinen Zähnen. Dabei verzog sich sein Mund missverständlich zu einem ängstlichen Lächeln.

»Bitte, glauben Sie mir, ich weiß es nicht. Warum schlagen Sie mich?«

Anton Mollwitz nutzte das Gelächter wie Schatten und ging unbemerkt nach draußen. Niemand achtete auf ihn.

Er wäre jetzt gern in sein kleines Haus gegangen, aber es wollte ihm plötzlich scheinen, als sei der Gedanke, dort unten hinter den Büschen sei ein warmes, behagliches Haus, ein Spuk, als sei das der irre Rest aus einem Traum. Ohne auf seine Schritte zu achten, ohne überhaupt auf irgendetwas zu achten, lief er mechanisch in den Hof an das Feuer. Dort lagen Bilder, die er kannte. Er hob eins auf. Jemand nahm es ihm weg und warf es in die Flammen. Tief drinnen in der Glut krümmte sich eben ein Buch, sträubten sich widerwärtig lebendig die Seiten mit der fremden Schrift, die er, Anton Mollwitz, nicht mehr beizeiten gelernt hatte. Er sah zu, wie die Flammen Blatt für Blatt abhoben und es vernichteten. Plötzlich hatte er die merkwürdige Idee: wenn er den Mut besäße, jetzt noch das Buch aus dem Feuer zu ziehen, er, Anton Mollwitz, er würde die Schriftzeichen lesen können, ja er würde – ja, mein Gott! – er würde die uralten Worte singen können wie ein Mann nach seiner Rettung. Jemand stieß ihn an:

»Du hast hier gearbeitet?«

Anton Mollwitz schwieg.

»Na komm, sag was, steh nicht so rum, tut dir ja keiner was, komm schon, hast du?«

Anton Mollwitz schwieg.

»Lass ihn laufen, der spinnt«, sagte ein anderer.

Anton Mollwitz bückte sich, die Hitze des Feuers brannte rot auf seinem Gesicht, sein Arm streckte sich aus, zögerte aber, zog sich langsam zurück; jemand trat ihm auf die Hand. Ein Stiefel stieß gegen Mollwitz' Schulter, er fiel zurück, stellte sich auf, aber man ließ ihn nicht gehen.

Jetzt spürte er, dass seine Angst gallebitter war, größer als alles, was man erwarten kann.

»Wie ist das, sag mal, ist dir das ganz egal, wo du Arbeit hast?«, fragte ihn einer.

»Wusste ich nicht«, sagte Anton Mollwitz, anstatt zu schweigen.

»Nicht gesehen, wie die aussehen? Gauner sind das.«

»Ging ganz gut«, sagte Anton Mollwitz.

»Nun sag noch, dass es dir Spaß gemacht hat!«

»Ich hatte nicht viel mit den Leuten zu tun«, sagte Anton Mollwitz, anstatt zu schweigen. Er sperrte sein eines Auge weit auf und richtete den Blick auf den Mann, der mit ihm reden wollte.

»'n fieses Pack, was?«

»Ja«, sagte Anton Mollwitz erstaunt; über seiner Nasenwurzel zog sich die Stirnhaut zu senkrechten Falten zusammen; er betrachtete mit einer fürchterlichen Genauigkeit das Gesicht ihm gegenüber. »Ja«, sagte er noch einmal laut.

»Und warum bist du nicht lange weg hier?«

»Lassen einen ja nicht«, sagte Anton Mollwitz.

»Blutsauger, was?«

Anton Mollwitz sagte: »Ja«, und sagte: »Blutsauger, was?«

Gelächter rundum, Mollwitz bekam einen Stoß, fiel hin, die Männer verließen das Feuer und gingen nach vorn ins Haus zurück.

Das Buch war zu Asche verbrannt. Mollwitz erreichte nicht mehr sein Haus.

Er kroch ein Stück über den Rasen hinab und blieb liegen, blieb am Leben.

Er hörte oben die Türen, das Tor, die Schritte; ein Kind weinte, ein Mann befahl Ruhe, die Maschine des großen Wagens dröhnte laut auf. Mollwitz lag mit der Stirn auf den Händen und sah sie alle, der Reihe nach, und ohne sich zu rühren, klammerte er sich an die Mäntel, an die Knie, an die Augen, aber keiner wandte sich um, keiner blieb, nichts.

Sie halfen sich gegenseitig hinauf unter die Plane des Wagens, zuletzt half der alte Mann seiner Frau. Der Mann mit dem dichten Haar sah ihnen zu, faltete sorgsam die Liste, schob sie links hinter den Ärmelaufschlag. Er hatte wieder ein bisschen ausmerzen dürfen: *ausmerzen*, er liebte das Wort, so wie man Schmerzen, die man sich selber zufügt, lieben kann, und er verbarg die Liste für den Rapport, er war's zufrieden, er hatte noch einmal gezählt: es war recht so; bis auf einen; den hatte er nicht gefunden; schade. Was war mit dem Alten?

Dr. Simon Valentin war draußen stehengeblieben. Er hob, mag sein in der seltsamen Hoffnung, auf diese Weise Vertrauen zu wecken, die Hände, legte sie hinter den Kopf, ging auf den kleinen Beamten zu, ging zwei Schritte weit an ihm vorbei, näher ans Tor heran, näher zum Garten hin, stürzte und blieb auf seinem Angesicht liegen wie Anton Mollwitz.

Es hatte den Beamten nur eine rasch gezielte Beinbewegung gekostet. Er war aufmerksam, er war geduldig gewesen; jetzt war er böse.

»Steh auf!«, sagte er und verletzte dem alten Mann grob das Hüftgelenk, anstatt ihm behilflich zu sein. »Aufstehen!«

Das war nicht mehr möglich. Der Knochen war spröde und alt gewesen und war zerbrochen. Aber der Schmerz, so heftig der arme Greis auch unter ihm leiden mochten, war gering im Vergleich zu den großen restlosen Schmerzen, die über ihn hergefallen waren beim

Gedanken an … und noch während drei Männer ihn packten und aufhoben, rief er gellend laut:

»Mollwitz!«

Sie schoben ihn zwischen die starren Beine seiner Kinder nach oben unter die Plane, und zweimal noch rief der alte Mann laut mit unerhört kummervollen Kräften:

»Mollwitz! Mollwitz!«

»Wen ruft er?«, fragten unten die Männer. Sie hatten Mollwitz schon längst vergessen und fuhren davon.

Mollwitz hatte gehört. Er zog die Beine unter den Leib, bog sich auf und lief Schritt für Schritt über den Rasen hinauf zurück, wie ein Tier durch den Gittergang in die Arena läuft. Das Haus lag still in der Dämmerung, hohl, verboten, verrucht; nicht einmal mehr Brandgeruch; ein großes verstorbenes Haus; an einer schlechten, schmählichen Krankheit verstorben und gemieden. Anton Mollwitz ging schräg vor der großen Tür her über den Vorplatz und über die Stufen auf das leere Tor zu. Er sah im taufeuchten Sand die vielen Tritte und bückte sich. Es war noch nicht hell genug. Er zog eine kleine Stablampe aus der Tasche und ließ das Licht dicht um sich her über den Boden rinnen. Als er den ersten Abdruck erkannt hatte – er wusste, was für ein Absatz das war, er hatte ihn selbst genagelt, keine Woche war seither vergangen –, ließ er sich wie ein Hund auf die Hände nieder, suchte, kroch, kroch weiter, leuchtete, tappte, tastete, suchte, fand etwas abseits die kleinen, schmalen alten Tritte und legte die Hand hinein.

Er kam vor das Tor. Nichts. Wegplatten und Pflastersteine. Ein paar Tropfen schwarzes Öl, wo der Wagen gestanden hatte. Kein Licht, kein Laut, kein Stern.

Zwei Tage später ging er auf das für ihn zuständige Wehrbezirkskommando und meldete sich zu den Soldaten. Sein Jahrgang, einäugig, war damals noch nicht gefragt. Man gab ihn zum Tross.

Was wissen Sie von der Ehre eines Soldaten!

Wer im Krieg gewesen ist, genießt im Nachkriegsdeutschland höchstes Ansehen. Köhler und Steinhoff erlauben sich einen respektlosen Schabernack.

Steinhoff hatte einen Hund mitgebracht, einen halbechten Schnauzer. Der Hund lag im Sonnenwinkel hinter den Büchern und schlief. Steinhoff hatte ihn vollgefüttert, um Gebell im Institut nach Möglichkeit zu vermeiden. Er hatte den Hund tags zuvor in einem sogenannten Tierhort billig erworben, aber nicht, wie man dort zu erwarten schien, um ihn an Sohnes statt anzunehmen, sondern sehr nüchtern, bedacht: Der Hund war Mittel zum Zweck, der Zweck war politischer Natur, nur wer Steinhoff nicht kannte, den mochte das wundern.

Köhler kannte ihn gut genug. Ein Anruf genügte. Warum nicht? Der Streich würde also gelingen.

Es war ein Samstag im Juli, der Himmel bedeckt, der Boden trocken, die Luft matt und reglos. Sie ließen den Wagen in einer Seitenstraße, der Moment war glücklich gewählt, der Hund musste Wasser lassen; danach brach man auf ins Verkehrszentrum der Stadt, zu Fuß, den Hund an der Leine, schön kurz, so brav! Das Tier war in der Tat gut erzogen; vermutlich hatte man in seiner Jugend mit Prügeln gearbeitet; denn obgleich in den Hauptstraßen Schulter an Schulter marschiert wurde, gottlob in Geschäften diesmal, kam niemand über der Leine des Hundes zu Fall, noch wurde jemand gebissen. Ein herziges Tier, sagten die Leute, und wer stehenblieb, um es anzuschauen, den schob man freundlich ein Stück vor sich her.

Es schlug drei – in den Kirchen zählt man immer noch die Stunden; worauf wartet man? Es hat leider den Anschein, als habe man das vergessen – es schlug drei, als die beiden Herren und das Hündchen ihr Ziel erreicht hatten, ein hübsches Geschäft, ganz neu hergerichtet: ein *Geschäft für Uniformen, Orden und Ehrenzeichen.* Modischer Schmuck? Nein, Orden und Ehrenzeichen.

Sie traten vor das Fenster und beobachteten gleichzeitig den Eingang. Schön bunt sah es aus hinter den blanken Scheiben, bunt wie bei Zinnsoldatens unterm Weihnachtsbaum; Kerzen wären nicht fehl am Platze gewesen, aber gut, die hat man dann später am Dienstaltar. ... Achtung! Ein Mann, Mitte Vierzig, Zivil, schien ins Garn gehen zu wollen, richtig: bevor er das Geschäft betrat, rückte er im Schaufensterglas seinen Anzug zurecht, den Binder, das Kinn, und dann: Gott mit uns.

Verabredungsgemäß nahm Köhler den Hund und folgte dem Käufer hinter die Ladentür. Der Hund war unruhig; Köhler gab ihm Kaugummi, er fand nichts Besseres, zog sich ein wenig zurück und hörte dann aufmerksam zu.

Der Inhaber des Ladens sah aus, als habe man ihn erst kürzlich mit dem KVK I. Klasse prämiiert; knapp in der Bewegung, knapp im Anzug, knapp im Geiste, füllig im Fleisch, aber dezent das alles, dezent.

INHABER: Guten Tag, bitte sehr?

KÄUFER: *Panzerkampfabzeichen* und *EK I* und *II*, gibt es das zusammen an einer Nadel?

INHABER: Sie meinen die kleine Ausführung, bitte sehr.

KÄUFER: Verdammt klein. Was kostet so was?

INHABER: Vielleicht darf ich Ihnen zuvor die große Ausführung noch zeigen, wollen Sie bitte hier drüben einmal sehen?

KÄUFER: Ich nehme die kleinen.

INHABER: Darf ich Ihnen die Nadel gleich anheften? – Nein, gut, ich soll sie Ihnen einpacken – sofort!

Indessen hatte der tapfere Mann den Laden wieder verlassen. Steinhoff trat ein. Er grüßte höflich, ging dann im Hintergrund auf und ab und pfiff leise den *Großen Kurfürsten*; er freute sich über Köhler, der da jetzt einfältig vor dem Hausherrn stand und zu reden anfing.

»Ich hätte gern ein *Ritterkreuz*.«

»Ein was?«

»Ja, so ein schönes großes«, erklärte Köhler verträumt.

»Mein Herr! Ich darf Sie doch bitten, Ihre Späße an einem anderen Ort zu verrichten!«

Köhler sah erschrocken aus; er hob die Hand an den Brillenrand: »Späße? Ich verstehe Sie nicht. Haben Sie keine Ritterkreuze?«

»Darf ich bitte Ihren Ausweis sehen?«

»Ja, natürlich, einen Augenblick bitte. Wie gut, dass ich ihn bei mir habe, ich hatte ja keine Ahnung, dass man so etwas hier brauchen würde – bitte sehr!«

»In der Tat, mein Herr, Sie sind ganz erstaunlich ahnungslos! Was soll mir denn dieser Ausweis? Hier bei uns haben Zivilpapiere nicht die geringste Bedeutung. Bitte sehr.«

Köhler klappte erstaunt den Ausweis auf und wieder zu, legte ihn vorsichtig zurück in die Brieftasche und sagte:

»Ich weiß gar nicht, warum Sie so abschätzig von meinen Papieren reden, mein Herr, aber vielleicht sagen Sie mir, was für einen Ausweis Sie meinen, ich habe noch verschiedene andere Papiere, wie ich eben sehe.«

»Mein Herr! Ich habe nicht die Zeit, mit Ihnen zu scherzen. Sie sehen, es wartet dort drüben ein Kunde auf mich.«

Köhler verließ den Laden, ging ein paar Schritte weit, nahm eine Zigarette, rauchte, sah sich die Leute an und wartete geduldig auf Steinhoff.

Steinhoff hatte vollen Erfolg; sein deutschstämmiges Auftreten hatte ihm festen Kredit beim Inhaber verschafft. Sie sprachen noch ein paar Worte über die Demoralisierung der heutigen Jugend, dann erhielt Steinhoff auf Wunsch ein EK II an einem schönen, langen, bunten Band, die große Ausführung also; er wurde nach keiner Urkunde gefragt.

Draußen fand er Köhler und den Hund vor den Schaukästen eines Filmtheaters. Dort zeigte man den Leuten *auf vielfachen Wunsch* noch einmal die Geschichte vom Teufelsgeneral, die liebe Legende vom tüchtigen, tragischen deutschen Mann, der anstatt zu denken den Tod liebt wie *Rilke*.

Steinhoff nahm wieder den Hund; sie sprachen kein Wort; nach fünf Minuten lag vor ihnen der verkehrsreichste Platz der Stadt. Steinhoff betrat eine Fernsprechzelle mit undurchsichtigem Glas; es dauerte dreißig Sekunden; dann kam der Hund allein aus der Zelle; der Orden baumelte ihm am Hals wie eine Steuermarke, die schwarzweiß-rote Schleife schmückte ihn wie einen Kinderhund auf einem Sommerfest.

Der Hund, froh, endlich von der Leine losgekommen zu sein, und noch mit keinem Treueid an seinen Herrn gebunden, mischte sich schon bald munter unter die Leute. Zuvor hatte er die Nase in die reglose Luft gehoben, danach noch rasch einen Mauervorsprung benutzt und ein Signal gepinkelt. Jetzt trabte er frisch drauflos, Steinhoff und Köhler ihm nach. Aber der Hund kam nicht weit. Es beunruhigte ihn schon bald, dass sich so viele nach ihm umsahen, und als zum ersten Mal ein Passant empört sich den Mut nahm und zugreifen wollte, wich er knurrend aus, zeigte die herrlichen Zähne und suchte sich einen Platz, um neuerdings ein Signal zu geben; er schüttelte mit Nachdruck den Kopf und pendelte dann, nun schon ein wenig nervös geworden, misstrauisch, glatt und flink um die Beine der Leute herum.

Junge Leute blieben lachend stehen und zeigten mit Fingern; alte drohten, brummten oder klagten tierlieb; mancher sah nicht hin, als sei der Hund unanständig gekleidet; immerhin hatten sie alle Geschäfte und eilten davon. Dann kam ein Mann.

Als er stehenblieb, um den Hund aufs Korn zu nehmen, mussten gleich drei nachfolgende Passanten auf die Fahrbahn, um vorbeizukommen – ein Mann also, der rasch eine Gefolgschaft der empörten Herzen hinter sich sammeln würde, das sah man ihm an. Und so geschah es: der Mann rief, drohte, trat hart auf die Steine, spuckte – und schon hingen an seinem Lodenrock ein paar Brillenträger.

Dieser Stoßtrupp ging jetzt an die Arbeit. Sie schnitten dem Hund den Weg ab, und noch bevor der recht zupacken konnte, war der Kreis geschlossen: lauter Hosenbeine und viel Getöse – was sollte er machen? Er schlug sich den scharfkantigen Orden ein paarmal um die Ohren, kam aber nicht los davon und knurrte einstweilen. Also hatte zunächst der Anführer keinen Mut zuzupacken. Stattdessen redete er laut und ohne Scham von *Ehre* und von *Schande* und dass das der *Dank des Vaterlandes sei*, und die ihn hörten, nickten und fürchteten sich auch vor dem Hund. Da kam endlich ein Polizist; alle waren froh; jetzt durften sie mit gutem Gewissen zuschauen, nur zuschauen, was wird. Aber es wurde gar nichts. Der Hund war ohne Respekt, ihn reizte sogar die Uniform so sehr, dass er sich hinreißen ließ, den Polizisten am Daumen der rechten Hand zu verletzen. Der Volkswille bebte, Schadenfreude fördert ja noch die namenlose Empörung, und der Polizist ging fort, um einen Vorgesetzten zu suchen. Manch einer sah ihm grinsend nach, aber die Hände behielt auch er in der Tasche.

Erst als der Anführer sich einen eisernen Stecken reichen ließ, den ein Autofahrer diensteifrig herbeigeschafft hatte, erhoben sich die ersten Stimmen des Unwillens und der reinen Liebe zum Tier: Das arme Tier, hieß es, was kann so ein blödes Vieh dafür … so ein dummer Hund, was kann der schon machen! – und als sich trotzdem die Hand mit der Stange schon heben wollte, rief Steinhoff das letzte noch einmal ganz laut:

»Lassen Sie doch! Das ist ja Tierquälerei! Was kann so ein dummer Hund machen, wenn einer ihn dermaßen herausputzt!«

Der Anführer ließ den Stab sinken und lief bis unters Haar braun und blau an vor Wut; er war in einem kleinen Rausch unterbrochen worden, und das tat weh; jetzt brüllte er Steinhoff an wie ein Stier:

»Sie elender Frechdachs! Was wissen Sie von der Ehre eines Soldaten! Es geht hier um mehr als ein Hundeleben!«

Steinhoff schien ganz ruhig bleiben zu wollen. Die beiden standen dicht voreinander. Er sagte laut (es war hübsch still geworden!): »Sie irren sich, mein Herr. Bitte überzeugen Sie sich selbst.«

Er zog vorsichtig mit beiden Händen das Bein nach oben, hob den Aufschlag, so dass auch die Umstehenden deutlich die gelbe Prothese erkennen konnten. »Sehen Sie: das Originalbein liegt dort, wo Sie das Feld der Ehre vermuten, im Dreck!«

Der Anführer stutzte, und da Steinhoff wusste, dass viele Menschen auf Holzbeine fast so freundlich reagieren wie auf gefährdete Hunde, hob er die Hand und gab dem Anführer eine schallende Ohrfeige.

Alles Weitere verlief nach Steinhoffs Plänen: Als nämlich der Stier auf ihn loswollte, stellten sich sofort mehrere Frauen und Männer vor ihn; niemand rührte sich. Im Verlauf der nächsten Sekunden schien allgemein die Entdeckung Platz greifen zu wollen, dass der Stier kein Stier, sondern ein Ochse war, und also entließ man ihn aus dem Kreis nach draußen und wandte sich wieder dem Hund zu. Erst als sich wieder ein Mann bereit machte, mit der Stange auf den Hund loszugehen, hinkte Steinhoff durch den Kreis auf das knurrende Tier zu.

Der Spaß war vorbei. Was erreicht werden sollte, war erreicht. Nichts.

Das Tier tat ihm plötzlich leid. Er hätte es in diesem Augenblick ganz in der Ordnung gefunden, gebissen zu werden, und er streckte deshalb auch ruhig die Hand aus, um das Ordensband loszubinden. Aber vielleicht erkannte ihn der Hund – oder es war die Wirkung der freundlichen Redensarten von Köhler, die dieser aus der Nähe an das Tier richtete: Steinhoff wurde nicht gebissen. Er nahm den Orden mit zwei spitzen Fingern wie eine Schlange, hielt ihn hoch in das Gesicht der Leute, die noch immer freundlich und auch schon hier und da ein bisschen verlegen um ihn herumstanden, und rief mit unbewegtem Gesicht:

»Will den jemand haben?«

Niemand rührte sich.

»Weiß niemand einen Papierkorb hier in der Nähe?«

Zehn Sekunden später waren die Leute verschwunden; sie liefen ihren Geschäften nach, sich selbst davon, auf flinken Beinchen, wie kleine Hunde. Steinhoff ging bis an den Rand der Fahrbahn und warf den Orden in ein Gully. Sein Gesicht war wie aus Stein.

SPLITTER 1

—

nimm mal die hand von den augen.
siehst du den sturz
auf uns
die schärfe ihrer kontur

noch sind wir nicht verkauft

schon greifen aber
die zählen
dir durch dein haar

sieh mal ihr messer im wind

kaum hinter uns eben
kaum erst bestraft
vielfältig frech beleuchtet
ins kluge muster
ins gittermuster
fliegen die schatten des messers
messen sie ihre gewalt
uns weit voraus
in unsern eigenartigen schritt

wir haben gesagt: es geht
es geht eine überraschung

sie
bald
werden gesagt haben werden
:das geht in ordnung …

schon flechten sie stahl
biegen den alten bogen

nimm mal die hand von den augen.
sie schinden unser gesicht.

—

kennst du das? diese heftige liebe zum leben. die wie ein motor einen immer weitertreibt. aus sehnsucht. die fast wehtut. die aber auch so glücklich macht, dass du heulen könntest vor glück und dankbarkeit. ach klar kennst du das. sonst wärste ja nicht da im loch. mensch, pino! da kommt mir ein älterer mann entgegen, leicht torkelnd, spricht mich an. ich beschleunige meine schritte. er fasst mich am arm. nee, fräulein, ich will nichts von ihnen. aber sagen sie mal, und er zeigt mit dem arm im weiten bogen auf alles ringsum, ist das nicht schön? und er erzählt mir, dass er jeden abend hierher kommt und den himmel und den hafen anguckt. frau tot. kinder schon lange weit weg. er hat mir viel erzählt. ich habe ihm gern zugehört. ist aber schwierig, wenn jemand dermaßen allein ist. er war so glücklich, dass er mich getroffen hatte. ich hab ihm die ladenadresse gegeben und gesagt, er solle mal dienstags zum frühstück vorbeikommen. vielleicht macht er das ja. weißt du, was ich meine, wenn ich sage, dass ich eine liebe für so menschen empfinde? und eine wut. wut auf verhältnisse, die so sind, dass erstmal die andren, die schweine, die totmacher, scheinbar immer wieder oberwasser kriegen. ich liebe. und das ist ein schwur. solange ich lebe.

—

Es kommt nicht darauf an, ob eine Untat von dem, der sie tut oder zulässt, gern oder ungern getan oder zugelassen wird; auch nicht darauf, ob er sie um eines »höheren Wertes« oder gar »höchster Güter« willen tut oder zulässt. Es kommt lediglich darauf an, ob Untaten getan oder zugelassen werden oder ob sie nicht getan und nicht zugelassen werden. Und dann darauf, ob man sie – gleichgültig auf welcher Seite und zu wessen Gunsten diese Untaten geschehen sind – nachträglich zu rechtfertigen versucht, oder ob man sich ohne irgendeine Rückendeckung der ganzen Wucht dieser Untaten aussetzt um einer Korrektur der Bedingungen willen, auf denen sie wachsen konnten.

—

sie lebt
arbeitet
fasst alles an
freut sich
kann warten
hält treue
achtet den tod
verachtet nichts
lügt nicht gegen freunde
trickst nicht gegen menschen
quatscht nicht rum
braucht keinen helden
tippt kein programm
hat keine angst
die liebe welt
ihr lieben genossen

—

ich komme aus einer ganz gewöhnlichen freundlichen hamburger nazifamilie. durch die hin allerdings ein riss lief. der vater steht still streng allein in den langen (bürger-)stiefeln der SA; die mutter liest uns josef conrad vor und raucht pfeife. meine zuversichtliche mutter war aus polen, über dresden, in eine wohlgeordnete hanseatische ehe gegangen.

als später der deutsche vernichtungskrieg gegen das polnische volk losgebrochen wurde, fanden wir sie von nun an oft versunken in aufmerksamkeit; eigenartig wach verstummt vor den liedern der schubert'schen winterreise.

wir hatten damals in der familie plötzlich ein grammophon. und viele kostbare platten. es ist zu vermuten, diese schönheiten kamen (über das redet ein deutscher kulturbürger nicht) aus dem ›nachlass‹ vertriebener jüdischer nachbarn. (wir kinder waren mit meiner mutter, ohne den vater, zum abschied der nachbarn an den zug nach amsterdam mitgegangen.)

unsere polnischen verwandten, die wir kinder lieber mochten als die braven an der elbe, waren entweder bald kollaborateure, oder bald auf der flucht, bald gefangen. und eines tages war der eine totgeschlagen von den nazis in einer der außenstellen des konzentrationslagers neuengamme (neununddreißig kilometer luftlinie bis zu unsrem garten), der andere totgeschlagen vom nkwd in den wäldern um katyn. ein dritter, der jüngste bruder meiner mutter, war vor dem krieg schon totgeschlagen worden, als kommunistischer kulturfunktionär, in den kellern der stalinisten.

mein vater ist, als nazi-unteroffizier, gegen kriegsende, an der ostfront, vermutlich von polnischen zwangsarbeitern, die sich endlich hatten befreien können, totgeschlagen worden auf einer pommerschen wintersaat nahe belgard an der rega (jetzt westpolen, białogard). ich erinnere einen schmalschultrigen, zärtlich scheuen, zugepanzerten, oft in ein selbstgeflüster weggewandten vater. einen deutschen mann im krieg. einen nazi. er tut mir leid. er hat mir angst gemacht. er hatte angst.

angst ist gewalt.

—

er war von dem hässlichen lehrer zu einem schulaufsatz veranlasst worden, was denn *heimat* sei und wenn wo. und wider sein hoffen hatte er ausentwickelt, heimat sei, was bleibt, also gibt es sie nicht, denn auch der baum fällt, das warme haus, die liebe, des flusses biegung, der ganze stern, auch ich selbst bin nur kurz unterwegs, danach die blöde vergrabung, heimat sei nur unser traum gegen das, was wirklich jeden tag ist, der verfall, er hatte gespreizt getönt vom verfall, und hatte die beste zensur erhalten. denn das mögen sie gern, und nur das lohnen sie hoch, ist ihnen von allem wissen das feinste, zu wissen, dass wirklich nichts geht. außer es läuft ihnen zu.

—

Zu mir hat mal einer von denen gesagt: Vom vielen Fleisch, mein Herr, wird die Suppe nicht schlechter. Mag sein, sag ich drauf, aber ins Gras beißen, General, macht selbst Vegetariern kein Vergnügen.

—

ein lehrer war stalinist, vielleicht der wichtigste lehrer in meinem studium, erstens wusste er viel, zweitens, oder nein deshalb, weil er sein ganzes leben parteiarbeit gemacht hatte, nicht bloß gedacht, wusste er viel dann auch wegen literatur, wenn ich da manchmal genau was schreib, dann, weil der mir mut, also auch kritik, also wissen gemacht hat, lust, sonst geht sowas alles ja gar nicht, also der war mir auch widerlich. denn als sich mal rumgesprochen hatte, seinen bruder, auch kommunist, hat berija* erschießen lassen, und ich ihn, als es mal still war, viel zeit, exkursion, so nebenwege, nach seinem bruder frage, warum und weshalb, und wie er als bruder am gleichen platz überlebt hat, was denn da los war damals in moskau, emigration, hotel lux, euer wehner und unser walter, trotzkistenprozesse und alles das, da sagt mir der lehrer lächelnd, ganz einfach, das sei wie beim krebs, beim krankheitwegschneiden, da muss immer auch viel gesundes mit. sagt er.

es war nicht die härte, es war das lächeln.

das hass ich.

—

lieber kargow.

dein braver gedanke, wir beiden uralten könnten zuletzt noch zusammen ein kinderbuch schreiben und malen. wirklich, denkst du, mit mir? deinen mut habe ich nicht. kinder stören mich entweder oder sie tun mir abgrundtief leid. zwischendurch bisschen toben, der jux auf der kante, ja ja. nein. sie haben nicht verdient, was wir ihnen zubereiten. unter den bunten helmchen, in den körben der multimärkte, rollt das dahin unterm schenkelschatten kauender mutterblondinen, aus billigknackwurst das ferkelface einer kalten brut, süß verödet lügenstarr schlagbereit käuflich.

—

Nashornlieder

eine sonderschulklasse in bremen, die sich, für arbeit und leben, ein nashorn zum wahrzeichen genommen hatte, hatte, im frühjahr 1990, viele schriftstellerinnen und schriftsteller um ein nashornlied gebeten.

1

das nashorn mit flügeln
das wollte nicht bügeln
es reckt seine glieder
und jetzt singt es lieder

2

ein dickes fell und die waffe frei
ihr tritt ist ein tanz auf gewaltigen füßen
unter hornstoßmusik
        herbei herbei!
– savannenpaula lässt grüßen

3

das auge hell
die waffe frei auf der nasen
der tanz geht schnell
so oft sie zum angriff blasen

4

der schwere schritt unter fächerförmigen bäumen
der findevogel zirpt in alten falten
in hohen gräsern wird sacht wacht gehalten
die waffennase träumt von freien räumen

—

höhlebauen ist immer wichtig, da war proff kaum acht jahre alt, und auch wenn er schluchzend abschied nahm von der mutter, sie gab ihm ins tuchtäschchen honigkuchen und saft, den kuss den kuss, komm bald heim komm bald heim, bald wusste er heimlich, er würde, husch um die hecke, ums eck, gefunden werden im kreis im kreis, erwartet vom freund, vom liebsten allein.

war schon so vieles zerrissen, die mutter wird rufen, aber wo ruft ihn der vater, der trat gestiefelt, schwieg auch die mutter, wo war aus der schulbank der nachbar michel, die nachbarin lotte, ans schiff gebracht, aufgetrieben die zunge des pferds, die weiche wendung der masten nicht aufzuhalten, an den zug von dammtor nach amsterdam, dampf droht aus roten rädern, winken und weinen, überall fahnen, das knattern splittert, alles gelogen brannte was schrie und schwieg, sangen sie alle laut lieder und lachten, wachten aufs wort, damit sich nichts zeigt.

in der höhle dem liebsten war alles gezeigt, das winken fand wirklich den andren, alles splittern schmolz ins bild sich zurück, unzertrennlich *wir kreiseln,* alle brücken frei, noch kein bettler, kein schweinetreiben am eis, blumen, die wärme der tiere, der kleinsten, die haut, deine und meine, eingeschmiegt wir zwischen wurzeln, wo führen die hin, alles mit allem verbunden *wir kreiseln,* wir beiden allein sind ganz nur um uns herum.

langes schweres arbeiten war das zuvor von beiden jungen gewesen, die höhle hatten sie tief gegraben, geschnitten, gewälzt, gehackt in die hohe böschung, auf der die hecke alt wuchs, haselnuss, weißdorn, schlehen, holunder, hatten sich eingewühlt in den wall, auf dem der knick quer durchs weideland stand, nah roch ein tümpel warm, frösche und molche, mücken und mücken und entenflott, quappen und gelbrandkäfer, sie nannten das wasserloch quakkelinde. gern schmierten beide in algen und schlamm, das nannten sie *alles gern kauscheln,* und im kreiseln waren sie nackt, wie all das, was da schwamm und kroch, duftdunkelgrün wars tief in der höhle wie fern bei den zartesten fischen unten im wolkigen mudd. jetzt liegt auf dem allen die kralle von pack, die *nato*zentrale fürs höhere corps, gesungen als menschen haben zuletzt dort die kinder der jüdischen schule, im wäldchen paar hundert schritt von der höhle, die jungen dort hatten längere haare gehabt, *haben indianer ja auch,* jetzt sind sie alle, die jungen und mädchen und lehrer, weit weg *verreist,* die höhle lag still im hummelgebrummel, brombeergestachel, da kam so leicht niemand hin, warum luden sie andre nicht zu sich ein, die ganze welt war schon da schon da und wächst und wühlt, kriecht klettert schneckt ihre arbeit, kratzen und patschen, züngeln und bohren, und nichts ist verloren, und keiner wird keinen verlachen, verschlungen verschlingend das andre in eins. durch flüsterndes plaudern und schmauchen und schaudern und spinnen von weiten geschichten und wirren gesichten aß und trank, kitzelnd, keuchend, jäh reglos, ein freund den andren, lag einer dem andren im schoß, kraulen und rollen und reiben und reißen und stoßen und zupfen und züngeln, in der höhle der kreis unzertrennlich wer wer, wir kreiseln, zwei kleine körper, ununterbrochen, wir essen wir geben zu essen wir geben zu trinken wir trinken. auch mücken sollen nicht dursten. ich lass mal eine auf meine eier, das mögen sie kauscheln, weich voll mit blut und gefühle, pass auf, und nun sahen die beiden die mückenmutter das haardünne rohr eintauchen, und eben fiel licht durchs deckenlaub, und der körper der mutter schimmerte prall rot rund.

da traten tritte das höhlendach ein.

da standen sie oben über der grube und zeigten und lachten und kreischten.

DAS BIN ICH DOCH ALLES NIE RICHTIG SELBER

Der Roman »Das Brot mit der Feile« (1973) erzählt in rasantem Tempo und mit einem breit angelegten Figurenensemble, wie die Bundesrepublik in den 1960er Jahren aus ihrem Dornröschenschlaf erwacht. Der junge Arbeiter Ahlers und seine halbstarken Kumpel spüren Hass auf die Verhältnisse, wissen aber nicht, was tun. Der KPD-Mann Beck arbeitet daran, sie zu verändern und gerät dabei in Konflikt mit seiner Partei. Nina stammt aus einer proletarischen Familie, verliebt sich in Ahlers und versucht, diesen auf den richtigen Weg zu bringen. Die folgenden Auszüge erzählen vor allem vom jungen Ahlers.

Nicht alles bloß immer von oben

Der junge Ahlers kommt in die Lehre, macht seine ersten Erfahrungen mit der Ordnung in den Betrieben und mit einem Kommunisten, der ihn endlich mal ernst nimmt.

Überhaupt Ordnung: Mit zehn Tagen sechs kam Ahlers zur Schule, als er zehn Tage vierzehn war, kam er raus, Ostern 57, keine Konfirmation, aber Armbanduhr mit Metallband, Ernst des Lebens. Natürlich wollte er Autoschlosser werden, aber Merkatt sagte, er soll gleich fahren, und Vizefisch* sagte, ihm wird so leicht schlecht, geh man gleich ins Büro, da kann man alles, nachher, und da will keiner was von dir. Und da trifft er, dachte sie, nicht so leicht einen, die ihn heiß machen wollen, wie die auf der Werft. Ich kenn bei Menck den Sohn von dem Vetter von Willi, im Lohnbüro sitzt der, ne Lebensstellung, gehn wir mal hin. Aber das war alles schon geregelt, festgemacht, zugeklappt, bis er die Armbanduhr hatte, und mit der ging ja alles, und wenn er um halb sieben hochkam, dann war er um Viertel vor acht am Lehrplatz. Er fuhr mit dem Rad, Amanda, Allee, Ottenser Hauptstraße, fertig. Auch bei Regen. Vierzig Stücke im Monat, das ist vom Hund, viel mehr ist das wirklich nicht.

Ahlers fand sich ganz gut zurecht, sagten die anderen. Zu lernen war ja nicht viel, und wenn die Männer und Mädchen aus den Büros ihn losschickten, »Süße, was naschen wir heute«, schob er ab, kaufte ein und ließ sie das auffressen, einschlecken, wegknabbern, jeden Tag. Ihm war schon nach wenigen Wochen fast alles egal. Er dachte nicht, dass sie das mit ihm machen könnten, aber er sah, dass sie das mit ihm machten. Das mach ich nicht mit, aber sieht man ja, mach ich. Ich nicht. Hier hau ich ab. Aber wohin? Alles dasselbe, das kotzte ihn an. Er saß überall nur herum, auf seinem Rad, im Keller, im Kino, in Vizefischs Küche, und seine Gedanken liefen ihm weg und banden ihn fest. Wenn er morgens vor das Verwaltungshaus der Fabrik kam, sah er sich um, ob jemand ihn sieht.

Das änderte sich bei Herrn Werner im Magazin, Materialausgabe, Fiete mit Husten, Alfred mit einem Arm und Herr Werner, der kleine Chef der Schrauben und Flanschen, immer fein rosaweiß jeden Morgen in seinem Blaumann, dünne Haut ohne Licht, aber sauber und weich wie der Finger vom Postschaffner in der Gummikappe, statt Lecken. Fiete war schon sehr alt und ganz lächerlich, alle mochten ihn gern und ließen ihn mittags, wenn er die Mampfe weghatte, poofen in einem der hintersten Borde, so klein war der Bursche, krumm lag er da im öligen Fach, aber lag schon so da seit immer. Wenn er an der Ausgabeklappe stand, kalter Wind aus der Montagehalle kam ihm ins Hemd, musste er husten und sagte mit pfeifendem Grinsen still vor sich hin: Ohlsdorf lacht.

Ob der inzwischen noch lebt, ist die Frage. Mann, Fiete! So schöne krumme Typen wie du gehn kaputt und wissen nicht mehr, dass der Dreck oben Angst hat. Einmal hinlangen, Fiete, einmal totlachen, all das Pack! Das hast du verpasst. Aber Erdbeeren sind was Schönes. Im Juni kam Fiete manchmal schon morgens von seinem Stück Land, kleiner Erdbeergarten unterm Rangierqualm zwischen Holstenstraße, Diebsteich und Altona. Er kam locker und einverstanden mit sich wie ein Strolch. Er hatte schon morgens vor sechs seiner Alten zehn Erdbeeren geklaut, »schon schön warm von ganz bisschen Sonne«.

Alfred war jünger, vierzig vielleicht, und geschickt mit dem linken Arm, als wenn einer vierhändig spielt. Musik war ihm teuer. Bei der Konfirmation seines einzigen Jungen, jetzt war der tot, Moped, hatte er, das erzählte er gern, einen Stimmungssänger und einen chromatischen Akkordeonspieler gemietet.

Alfred war mal ambulanter Händler gewesen, von Stade ins Land nach Nordwesten, Land Hadeln, Bederkesa, feine Gegend, einsame Bauersfrauen. Alfred war geil wie ein Kranker, und seit sein Junge tot war, hatte er keine Lust mehr, schwieg oder machte Witze, dass einem das Kotzen kam.

Hier saß und stand und lief nun auch Ahlers, sortierte Schrauben und Muttern, Kopfschrauben, Stiftschrauben, Senkschrauben, Schlossschrauben und Nippel und Bolzen, Quersplint und Nasenblech, Zahnscheibe, Stoppmutter, Doppel-T-Eisen, Muffen und Warnschilder: Der Aufenthalt im Schwenkbereich des Baggers ist verboten, Gelb auf Blau, Menck & Hambrock, Mercedes unter den Baggern und Kranen und Rammen. Die Arbeit war dreckig, der Magazinraum war zugig und dunkel und kalt, aber Ahlers fand das besser als oben. Oben waren Ordnung und Mief und Weiß, Missmut, Kriechen, Eierlikör und feine Anmache hinter der Hand. Hier unten waren Anschiss und Mettwurstbrot und Lärm und Gefahr, paar Tonnen Guss an der Kette, da musst du auf Draht sein.

Hier wollte er bleiben, hier stand er rum, oft in der Mittagspause Montagehof Bergiusstraße, die riesigen Löffelhochbagger 401 für Australien, Tagebau irgendwo in der Wüste, da fährst du schon beinah mit, wenn du das siehst, ein Löffelzahn schwerer als du, und acht davon an einem einzigen Löffel, die reißen ganz schön was weg. Überhaupt wegreißen. Aber wie kommst du da ran?

Die meisten am Ausgabeschalter reden nicht viel, Materialschein, »flitz ab«, »gib her den Scheiß«, Lieferfristen, das schlaucht. Ahlers war damals noch blass und dünn. Einmal blieb einer stehen, obgleich ihm Ahlers die beiden Lager schon längst auf die Theke geknallt hatte.

»Bist blass«, sagte er, »du fickst zu viel. Gibt noch was anderes auf der Welt. Warte nachher mal auf mich bei der Ramme für Togo.«

Der Pförtner sah sie abends zusammen weggehen und schrieb sich das auf.

Am nächsten Tag, nachdem sie auch mittags wieder zusammengesessen hatten, im Schatten, denn es war heiß geworden, kurz vor Feierabend, sagte Herr Werner zu Ahlers:

»Der ist verboten, den lass man, KP.«

Fiete ging hinkend beiseite.

Aber was heißt verboten? Und was heißt für Ahlers KP? Das, was von Anfang an Leuten wie ihm verboten wurde, das hatte sehr oft, fand Ahlers, zu tun mit Glück, mit Sachen, auf die du Trieb hast, mit besten Plänen, heimlichen Wünschen, was solls. Und KP? Da fallen ihm, nach dem Gemeinschaftskundeunterricht in der letzten Klasse und auch jetzt, von der Berufsschule her, nur Spitzbart und Zone* ein und alles ein Krampf. Und davon hatte der Kumpel doch gar nicht geredet. Ahlers wusste noch nicht mal, dass die KP erst im Vorjahr verboten worden war. Für ihn war sie nie erlaubt, nie was, was geht, nur immer Stacheldraht und Gemeinheit, nichts für ihn oder sonst wen, hier. Und dass in der Nähe die Thälmannstraße jetzt Budapester hieß, logo, die hatten geschossen, da unten, die waren in Ordnung, die Ungarn. Hierüber wusste er mehr. Aber viel wichtiger war für ihn: Der Kumpel, der Beck, war der Erste gewesen, der mal was merkt. Und der dann auch redet, wenn er was merkt.

Sie hatten zusammen Bier getrunken, und Robert Beck, kleiner Bulle mit Speckfalten in der Stirnhaut und schon ganz wenig Haar, noch gar nicht alt, fünfundzwanzig vielleicht, Robert Beck hatte ihn gefragt.

»Was hast du?«

»Kein Bock auf Büro.«

Aber das war für Robert kein Deutsch auf eine vernünftige Frage, und deshalb zog er dem Bürschchen Ahlers jetzt nach und nach erst mal das aus der Nase, was der dufte und gut und geil fand, und da waren Sachen dabei, auf die Ahlers nur kam, weil hier endlich mal einer stur war und fragte.

Die großen Maschinen, das nimmt dich mit, da bist du auch nicht mehr bloß einfach Arsch.

Nicht alles bloß immer von oben. Sonst stehst du bloß blöde

wie jeder. Und keiner, der mal was sagt. Und von irgendwo immer Befehl.

Ich will mal was machen, wo ich auch nachdenken muss, und vielleicht auch mal alle zusammen.

Mal in Ruhe auch denken über das alles, bloß wann? Bloß immer rumflitzen. Drehn alle durch.

Das bin ich doch alles nie richtig selber.

… als schlüge ihnen jemand aufs Herz

Ahlers fährt mit seiner Großmutter Vizefisch nach Bad Oldesloe, wo er die Wahrheit über den Tod seiner Mutter Rita erfährt und plötzlich allein auf der Welt ist.

Ahlers war noch nie dabei gewesen, wenn sich jemand über ihn freut. Vielleicht das doch, aber immerhin nie, wenn jemand sich freut, weil er, Ahlers, das so gewollt hat, weil er, Ahlers, das selber gemacht hat.

Ein paar Tage später saßen die beiden im Zug Richtung Oldesloe-Ostsee, ein komisches Badepärchen, aber mal sehn.

Vizefisch war ja hart und trocken geworden in Kopf und Knochen. Oft war sie, Scheißleben, zu oft, voll Angst und Strapazen gewesen. Nase auf Treppen, Rücken krumm über Scheuerböden, Hände voll ATA und Asche, Blaupapier und das bisschen Rente, das macht vernagelten Ausblick, kaum mehr. Und so war sie auch meistens etwas verlegen, wenn es ihr gutging, besonders wenn jemand dabeisaß und zusah und grinste, dass es ihr gutging. Und wenn sie verlegen war, dann, das wusste sie gar nicht, kaute ihr eingestoßener, weggebissener, ausgefluchter Hexenmund unruhig leer. War die Zunge trocken? Lief ihr das Wasser im Munde zusammen? Egal, dachte Ahlers, da schieb ich jetzt einfach mal Kaugummi zwischen, der Zug steht noch zwei Minuten, Double Mint gibts am Kiosk, »hier, Alte, mach mal, los!« Und Vizefisch machte es gut, zog auch mal, still ihren Blick über Felder und Moore und Knicks gehängt, ein Stück Gummi raus in den Wind, ließ den dreckfarbenen Faden schaukeln zwischen Herz und Hand, haspelte ihn mit der Zunge zurück hinter die achteinhalb Zähne und batschte das Ganze, als aller Zucker rausgekaut war, auf die Holzleiste unterm Fenster, »für den Schaffner«. Und Ahlers grinste zurück. Denn ein Stück Gummifaden klebte an Vizefischs Kinn, und das wusste sie nicht, und das blieb da backen, bis Ende.

Erstmal noch Bahnhofskneipe Bad Oldesloe, so wie sonst jedes Jahr, Bier und paar Klare, Blick auf die Gleise, die alte Geschichte. Aber was für eine Geschichte?

»War hier denn früher mal was?«

Vizefisch sah nach dem Kellner, wusste, was Ahlers jetzt wissen wollte, kippte paar Tropfen Korn aus dem leeren Glas, leckte weg, sagte: »Nee. Bloß alles ein Wahnsinn. Genau wie bei Willi*. So war die nämlich, genauso. Pass du bloß auf.«

Vizefisch rief den Kellner zurück, war sonst niemand mehr im Kneipenraum, schlechte Zeit, so mittags um elf, »bleib mal hier«, sagte Vizefisch zum Kellner, »und hol dir auch, was du trinken willst. Der Junge zahlt das.«

Der Kellner kam mit Malteser, schön aufgestockt, sah bucklig über die Schulter zurück, bevor er auf Vizefisch hin krumm das Glas hob.

»Was war hier vierundvierzig?«

»War mein Knie schon kaputt. Und nie richtig Heizung.«

»Setz dich her. Kommt ja doch keiner.«

»Auch wieder wahr.«

»Und im Sommer?«

»Was?«

»Sommer vierundvierzig.«

»Hatte ich draußen neben Express und Fahrrädern immer die Bude für Eis und Brause. Ist ja weggebombt alles, noch April fünfundvierzig.«

»Hol dir man gleich noch mal einen. Für mich auch«, sagte Vizefisch. Der Kellner ging und kam und Vizefisch schnappte nach Luft, zerrte den Hals aus dem dunkelgrünen Mantelkragen, schnappte sich Mut ein, weiterzufragen, allzu viel wusste sie selber nicht, bloß dass sie damals die Leiche von ihrer Tochter nicht einmal mehr sehen durfte, und Überwachung von der SS, wieso Überwachung, alles ein Elend, aber was für ein Elend, und warum gerade Rita?

»War hier mal Schießerei?«

»Hier?«

»Damals.«

»Wann?«

»Jetzt so, Herbst, vierundvierzig.«

»Nee. Nie.«

Lange Pause. Ahlers denkt: Alles bloß wieder Blödsinn. Und ich denk, Ostsee.

»Wo war hier die Ecke vom Roten Kreuz?«, fragte Vizefisch.

»Hier drin. War was abgeteilt. Und ein Gestank immer. Aber essen war ja nicht viel.«

»Wo hier drin?«

»Ist ja jetzt alles etwas anders. Von der Theke quer rüber ne Pappwand. Und hinten das letzte Fenster war durchgebrochen für ne Tür. In Hamburg war ja bloß immer Alarm, damals. Blieben sie hier eben meist erst mal hängen mit ihren Transporten, alle von Russland, kaputtgeschossen, und ich immer mit jede Menge Brause für die Kollegen von der Front, ganz klar, die hatten für uns die Knochen hingehalten, war ich doch selber mit zwischen gewesen, zuerst, und jetzt tagelang bei der Hitze in Pritschenwagen, und Geld hatten sie ja auch genug.«

»Und auch mal eine untern Zug gekommen?«

»Wer? – Nee, lass noch mal, guck mal: –«

Vizefisch war nun mit ihren Fragen schon nah am Punkt. Sie reckte sich elend auf, als sei ihr die eigene Haut zu eng, hob aber nur den Hut vom Kopf, zu heiß, oder auch zu schwer, oder dass sie vielleicht nachher irgendwo oben anstoßen würde, dabei war der klein und aus Stroh und nur bisschen Tuch dazwischen geflochten, alles schwarz, schon immer, aber unterwegs nimmt sie den doch nie ab, Ahlers wunderte sich, überhaupt, was lässt sie den Trottel da rumquatschen, ich will ganz was anderes wissen, Krieg war sowieso Hund gewesen, wissen wir, ich denk, wir machen ne Tour hier heute, gib mal her, den Deckel. Er spielte mit Vizefischs Hut, langweilte sich, packte gar nicht, was mit dem Kellner und Vizefisch los war und wohin das heute noch, jetzt gleich noch, laufen würde, und während der Kellner weiterredete und Vizefisch steif gereckt dasaß, bisschen das Gesicht von beiden weggewendet, als sei das Feuer zu heiß, als wolle sie sich auf was gefasst machen, als wolle sie rechtzeitig was kommen, was anrollen, was einbrechen hören, setzte Ahlers den Hut auf und spielte mit Bierdeckeln und sah aus dem Fenster über die Gleise.

»– nee, guck doch mal«, sagte der Kellner, »das weißt du doch selber noch, Oma, die haben uns fertiggemacht damals, der Tommy, und wir waren bloß immer die Dummen, guck mal: Wenn mal n Russentransport hier durchkam, oder einmal standen so Güterzüge voll Juden da drüben beim Silo, tagelang, aber glaubst du, dass da mal der Tommy drübergegangen ist? Nie. Siehst du. Also bestimmt, die wussten genau, die Brüder, wer in den Zügen drinsaß, die wussten alles. Von wem? Von hier! Von unten bei uns! – oh, Moment –«, ein Gast wollte Bockwurst und Bier.

»Einmal Heiße, einmal vom Fass!«, rief der Alte und kam, jetzt schon richtig in Fahrt, und doch noch mal einen Doppelten bei sich, zurück zu Vizefisch.

»Den übernehm ich selber, Wohlsein –«, trank, »– guck mal«, setzte sich an den Tisch, »war ich doch selber dabei, nach dem Krieg noch, wer war ich denn? Bein kaputt, Ohr weg, und alles durchgehalten wie alle, und dann kommen sie plötzlich hier an, die KZler, die Kommunisten: Der da! Der war das! Der hat sie genau vor den Zug gejagt! Und ich sag noch: Ich? sag ich, wieso ich denn nun wieder? – Moment mal, Oma, erlaub mal –«

Der Kellner hatte die letzten Sätze wohl schon aus dem Herzen geholt, wurde intim, beugte sich hoch zu Vizefischs Kinn und zupfte am Kaugummifaden. Dabei schielte er rüber zu Ahlers. Der stand vorm Daddelautomaten und wartete auf das scharfe Tack-tack-tack-tack und dachte, er wartet auf Geld. Der Alte sagte leise zu Vizefisch: »Guck mal, Verräter müssen gefasst werden, egal wie, heute doch schon genauso wieder, und heute kann man das auch schon mal wieder sagen, ich tu nämlich keinem Menschen was, nie, und wenn du mal nachdenkst, die Brause damals, die ich da stehn hatte, die war auch nicht einfach für jeden, sicher, war heiß die Tage, und Fenster hatten die nicht in den Güterwagen, aber egal doch, doch nicht für Staatsfeinde! Sicher, ich hab auch schon mal überlegt, aber denn denk ich: Das kost dich den Kopf, Erwin, lass das – und überhaupt: Einfach zwei Kisten wegschleppen, auch wenn sie beim Roten Kreuz ist, und einfach so über die Gleise«, der Alte bog sich über den Tisch, zum Fenster hin, wollte Vizefisch mit sich rumbiegen, seiner Hand nach, die zitternd nach draußen ins Gleisgelände zeigte, »da!«, rief er erregt, »hier vorne, guck mal, direkt hier rüber mit vierzig Flaschen! Na und ich seh das und, aber die Wachleute warn dann ja auch schon da.« Der Kellner war noch nicht fertig. Da wurden seine letzten Worte von einem Geräusch durchbrochen, das er nicht kannte, von einem Rasseln aus Vizefischs Hals, von einem Scheppern, das klang wie das Niederbrechen von Plastik, wie das Aufschäumen von Blei, wie das Bersten von Ketten. Aber hier waren ja gar keine Ketten. Hier saßen nur Vizefisch und der Kellner. Aber Vizefisch stellte sich schwankend lang hochgereckt auf und stieß nun den ganz anderen Ton dem ersten noch nach, ein röhrendes Heulen, leise von weit her unten schwellend bis hin zu einem entsetzlichen Wiehern, das oben im Überschlag plötzlich verreckt.

Das dauerte nur Sekunden. Aber die das hörten, und dieser Schrei kam weit, standen still, ließen die Arme hängen, als schlüge ihnen jemand aufs Herz, als sei das ihr eigener Schrei. Ahlers stand starr mit aufgerissenen Augen, und bis er sich wieder rühren konnte, lag Vizefisch niedergebrochen im Wartesaaldreck, streckte sich langsam aus und kotzte und spie sich tot.

Er lief hin, wollte sie hochheben, den Kopf, das arme Haar aus dem Dreck, aber sie biss nach seiner Hand, und dann hielt sie sich an seiner Hand fest und starb.

»Mensch, was ist das denn?« sagte er.

Er hatte noch immer Vizefischs Hut auf.

Hauptsache erst mal, du lebst

Ahlers, 1962 mittlerweile Soldat der Bundeswehr, besucht am Wochenende den Arzt Bantumak und dessen Freundin Polly, die so etwas wie Ersatzeltern für ihn sind. Am Maakendamm im Hamburger Hafen erlebt er die große Sturmflut.

»Siehst aber gut aus«, sagte Polly, »wie Fidel, ein bisschen. Kommt auch schon Bart?« Ahlers denkt, er kriegt Zucker und Schnaps und Blumenketten um seinen Hals, als Polly, ohne Spott und ohne Lächeln, zu ihm hinkommt und die weichen, helleren Innenseiten ihrer Hände rechts und links an sein Gesicht legt. Mann, ist das schön! Aber er sagt und zieht ihr dabei seinen Kopf aus den Händen: »Die läuten schon Glocken, Bantumak, hör dir das an.«

»Genau das Wetter, um mal die Küste zu inspizieren.« Sie gingen zur Tür, Bantumak packte mit beiden Händen die Klinke, damit ihm der Wind den Griff nicht wegschlüge. Da draußen brach der Nordwest über alles her, was zu kriegen war, schmiss dreckigen Regen drüber, schleppte zerblasen den Ton von Sirenen und Kirchenglocken. »Kann auch einfach nur Übung sein«, sagte Ahlers. Bantumak zog die Tür wieder zu, er hatte im Sog dort kaum Atem zum Reden, »ja, doch«, sagte er bitter, »heut Nacht übt der liebe Gott hier mal arme Leute ertränken, pass auf«. Er hockte sich unruhig unter die Ochsenhaut, angespannt, als wolle er jetzt gleich einen gewaltigen Satz machen. Polly ging weg in die Dachkammer zu den Kindern. Und das Dröhnen der Holzhauswände unter den Stößen der Böen verdeckte zuerst das Torkelreden von Merkatt, dem der Hund voraussprang, lustig und zitternd wie oben die beiden Kinder. »Das Boot kommt mir nun wohl bald ab«, sagte Merkatt, »ist hier noch irgendwo Tampen über?«

Regen und Dreck troffen ihm vom Mantel. Er stellte sich neben den Hund an den Ofen. »Drüben, eben schräg rüber nach Waltershof, die Lauben, bloß grade die zweihundert Meter von hier, da geht das Wasser gleich übern Deich, pass mal auf, kannst du mit Merkatts Boot heut Nacht zwischen die Apfelbaumbuden reinfahren. Und die schlafen noch alle. Was willst du machen. Draußen rum ist schon Wasser. Und ruf mal. Hast bloß noch Rattenwasser hinten im Hals bei dem Sturm.«

Bantumak sagte nach einer Weile: »Für die ganz kleinen armen Budenleute die ganz kleinen armen Deiche.«

»Unser hier hält«, grunzte Merkatt, »den kenn ich.«

»Gehst du mit raus?«, fragte Bantumak, und Ahlers wusste genau, wen er meint, »ganz klar«.

»Wir nehmen das Boot von Merkatt.«

»Und dann hier mal einfach mal weg.«

»So seht ihr beiden auch aus«, sagte Merkatt widerstandslos, und Bantumak ging zur Treppe und rief rauf zu Polly:

»Schmeiß mal die Luftmatratze. Merkatt bleibt hier.«

»Ihr seht da draußen ja nix«, sagte Polly.

»Wen der liebe Gott ertränken will, der schreit, das hört man.«

»Ganz klar.«

»Und Ahlers kann gar nicht schwimmen. Bleibt doch mal hier, Mensch«, sagte sie leise. Bantumak wollte nicht, dass sie an ihm vorbei so mit Ahlers redet, und sagte: »Gehst du mit raus?«

»Ganz klar.«

»Mensch, Merkatt!«, rief Polly gegen den dösigen Alten, »die nehmen dein Boot!«

»Kriegen sie ja auch gar nicht. Hier«, er hielt ihr die Gummimatratze hin, »blas noch mal auf, bin schon ganz fertig von draußen, der Krach von dem Sturm schon den ganzen Tag.«

So einer war Merkatt schon immer: Wo er sah, dass was für ihn gar keinen Zweck mehr hatte, dass da für ihn nichts mehr rausschaut oder, in seiner Sprache, dass da für ihn gar keine Besehe mehr drin ist, suchte er warmen Schutz und ging schlafen. Und hier, heute Abend, wusste er ganz genau, dass Bantumak mit seinem Boot losfahren würde, er kannte dessen blasses, schönes Gesicht schon lange, guck ihn dir an, er will sterben, hatte er früher schon mal zu Polly gesagt, »guck ihn dir an, er will sterben«, und sackte nass und traurig und klar im Kopf und doch so elend versoffen immer aufs Gummibett hinter dem Ofen.

»Aber Ahlers«, sagte Polly.

Aber die beiden waren schon aus dem Haus.

Merkatts Boot hinterm Garten im Kümohafen lag ächzend zwischen Busch und Schotter der Maakenböschung im eindrängenden Wasser, sie mussten die Schräge nicht mehr hinunter, vom Deich weg an Bord, das war jetzt nur noch ein Sprung. Aber Bantumak hielt Ahlers zurück, »heb mal die Arme hoch. Wer sich selber nicht retten kann, rettet auch keinen anderen.« Ahlers ließ sich von Bantumak die Leine um Brust und Schultern binden, »wenn mal richtig was los ist, ist alles immer wie Kino. Ist bloß sonst nie.« Und plötzlich brüllte er los, kein Wort, nur blökender, reißender Schrei gegen Wand und Wind und Zeug, gegen die jammernde Finsternis, die ihm das Maul stopfen wollte, wieder mal wollte, diesmal aber nicht weit damit kam. Er sprang ins Boot, riss Bantumak nach, »mach den Tampen weg, zack!« – »Warte noch, erst noch den Motor ansetzen!« Sie zerrten und kippten und klemmten und kanteten rüber und keuchten und redeten nichts. Der berstende Wind schlug ihnen die Ohren zu, trieb ringsum Wassermassen stampfend und pfeifend in Becken und Buchten, fetzte oben die Wolken weg vor dem fast runden Mond, »prima hell!«, »ganz praktisch!«

Aber noch bevor sie den Motor richtig angesetzt hatten und sie ihn anreißen konnten, gerade als die Luft für Sekunden scheinbar jäh stillstand, hörten sie drüben den Einbruch, den Dammbruch, hörten sie diesen saugenden, schmatzenden, verdeckelten Knall, das Einsacken, Wegrutschen, Poltern und Röllern von Stein und Büschen und Sand, und dachten beide: Die Hütten, die Bastelbuden, die Altenhäuschen, die stehen jetzt gegen vier Meter Flutwand. Aber dann rissen die anfauchenden nächsten Böen schon wieder alle Verbindungen weg, die beiden standen taub da, wussten aber jetzt schon, was dort drüben unter den Teerpappdächern passieren wird. Ahlers, plötzlich vom Schreck auf den Kopf geschlagen, versuchte noch schnell mal so loszuschreien wie eben, ganz frech, aber jetzt kam kein richtig flotter Ton mehr aus seinem Hals, jetzt hielten die beiden sich aneinander fest, und Bantumak brüllte Ahlers ins Ohr: »Angst?!«

»Ganz klar!«

»Wir gehn durch den Einbruch! Wir nehmen das Beiboot!« Sie dachten, sie würden die Einbruchsstelle erst suchen müssen, aber der Mühlenwärder Damm, hinter dem eben noch Leute gewohnt und geredet und geschlafen hatten, war in einer Breite von über hundert Metern glatt weggedrückt worden. Sie merkten im Lärm des eintosenden Wassers in ihrem flachen Boot nicht einmal den Punkt, den Scheitel des Deiches, waren schon, ehe sie es dachten, zwischen brechenden Buden und Apfelbaumästen und Hunden und Ratten, Kaninchen und schreienden alten Leuten.

Bantumak hatte die Lampe.

Als Ahlers die alte Frau in den Schlickstrudeln hochjapsen sah, sprang er los.

Die Leine, die ihn hielt, hatte Bantumak um den Leib, er hatte keine Zeit mehr gehabt, Ahlers zu warnen, er manövrierte das Boot an die keuchende Frau, und als sie sie endlich, fast schon tot von Nässe und Angst, im Boot hatten, konnte Ahlers selber kaum nach.

Aber es waren zu viele. Und es war viel zu kalt. Sie mussten einen Trick finden, sonst ersaufen hier alle, auch Ahlers und Bantumak, also los, ein paar Hütten waren aus Stein, blieben im Wasser einstweilen fest, das Wasser stand zwar bis hinauf in die kleinen Fenster, aber so konnte man leichter die gefischten Leute vom Boot aufs Dach raufstoßen. Sicher, die Kälte da oben im Wind, und alles Bettzeug war nass und voll Ratten, aber »Hauptsache erst mal, du lebst«, sagte eine im Boot, Erna Hinze, schon alt, und so dünn und hart wie früher mal Vizefisch, und zog oben aus der quietschnassen Schlafjacke ein kleines Tuchbündel, und da drin war ein Kanarienvogel, noch warm, aber schon tot, nass verknittert zwischen den Brüsten. Als Erna in all dem Sturm und Elend den abgesoffenen Vogel sah, wollte sie eigentlich gleich wieder raus aus dem Boot, einfach wegsacken, »der war mein Letzter«, den hatte sie eben noch schnell gegriffen, als sie beim Nachbarn aufs Holzbudendach rauf sollte, bis auch das weggeknickt war unter den nachgebenden leichten vier Wänden. Aber Ahlers hielt sie einfach, ruckzuck, so fest wie damals Tamara im Alfa und schrie und brüllte und dröhnte gegen das Quietschen der Alten, so wie er damals in Oldesloe hätte schreien wollen und gar nicht konnte, und so, als wenn dieser Schrei aus Wut und Angst und Hass einen anderen stark machen kann wie Panzer.

Bevor noch im schwarzen Jammer dieses anbrechenden Wintermorgens amtliche Hilfstruppen mit Schlauchbooten und Hubschraubern die vom Wasser zerstörte Laubengegend hier abkreisen konnten und all die anderen überfluteten Wohngebiete, bevor das alles abgesucht und abgefischt werden konnte nach Leichen und Lebenden und Sterbenden und Schreienden, bevor noch diese große Übung der Truppen und Täuscher und Todesretter und Teufelskerle auf Touren kam, hatten Ahlers und Bantumak zweiunddreißig Leute auf den letzten drei trockenen Dächern und sammelten die nun nach und nach ab wie steifgeschlafene Fledermäuse und ruderten hin und her zwischen Dächern und Dreck und Polly und Merkatt und Schnaps, bis alle unter der Ochsenhaut und bei den Kindern saßen und lagen und herumschlichen und Wut hatten gegen die Stadt und weinten. Und irgendwann fielen Ahlers und Bantumak zwischen all diese Leute in Pollys Budenküche und waren kaputt. Und als ein Zitteropa den heißen Tee aus seinem Becher rausschwappen ließ auf Ahlers' Hand, wurde die Handhaut nur rot, und die Finger krümmten sich plötzlich zur Faust, vor Schmerz. Aber Ahlers merkte das nicht. Ahlers war weg und hatte immer noch das eine Ende der Leine um Brust und Schultern, und Bantumak das andere, Glück muss man haben.

Vier Männer mit Fronterfahrung

Französische Soldaten berichten ihren deutschen Kameraden
aus dem Kolonialkrieg in Algerien.

Ratjen fand diesen Typ Ahlers hochinteressant, aber, dachte er, von denen gibt es zu wenige. Und als im Kasino eines Abends die Rede war von einem Natobesuch aus Freudenstadt, meldete er für seine

Kompanie, Herr Oberst gestatten, einen Sondertermin an für Stube neun und andere Interessenten, der Kreis sollte nicht zu groß sein, die Masse bringt nichts, ich pflichte Ihnen gehorsamst bei, Herr Oberst.

Die Masse kam auch gar nicht, ging Freitag nach Dienst lieber nach Haus zu den Mädchen, aber Stube neun blieb, Sastell, Wieland und Ahlers hätten zwar auch schon gehen können, blieben aber für Ratjen, und Sastell musste außerdem dolmetschen, die vier Franzosen konnten kein Deutsch, kamen aus Algier, Oran, Constantine, El Biar, da hast du schon gleich mal richtig die Wüste, sagte Trebin. Und Kolumbus trug, den Gästen zu Ehren, den großen Ausgehanzug. Und Jürgen Tapp horchte mit nackten Augen. Er war an diesem Abend der erste, der sich erschrak.

Vier Männer mit Fronterfahrung, kaum älter als Ahlers. Ratjen stellte sie vor, Natokameraden an den Brennpunkten der Geschichte, vier der Tapfersten, die kämpfen, damit andere leben können. Die französischen Gäste verstanden kein Wort, saßen aber konzentriert da und warteten auf ihren Auftritt: Der eine schmal hochgewachsen, blond, und jene Öde im Blick, die man auch in den Augen eines eben gebrühten Karpfens oft finden kann. Der zweite mit fettig ausgezwirbeltem Schnauzbart und den verfältelten Lachaugen eines Zigeuners, der seit Jahren in Kurparks gegen die Sonne geigt. Der dritte mit kleinem, strengem Gesicht und nervösen Schultern, die in einem maßgeschneiderten Anzug aus blauem englischen Tuch bestimmt mehr Halt gefunden hätten als in der frechen Tarnjacke der Armee, dazu das Haar gescheitelt wie Jürgen Tapp, aber weiter zur Mitte hin. Und schließlich der vierte, gehobener Zuhälter, großzügig, genusssüchtig und brutal. Und es war der Vorstellungsrede von Ratjen zu entnehmen, und es zeigte sich gleich darauf in den von Sastell leidenschaftslos übersetzten Einsatz- und Erfahrungsberichten, dass diese vier Männer einen interessanten Spezialjob hatten: Sie flogen unter Jagdschutz mit ihren Hubschraubern in wilde Gegenden, verödete Dorfregionen, tückische Felstäler des schon befreiten, des schon von den Bauern und Arbeitern und Studenten, von Männern und Frauen freigekämpften Algerien, also in sogenannte Aufstandsgebiete, um Bomberkollegen, die dort heimtückisch aus Bäumen und Brunnen beschossen worden und verunglückt waren und nun, zum Beispiel, Angst hatten vor dem Unglück der Eltern der toten Kinder, glücklich wieder nach Haus zu holen.

Aber die Berichte der vier waren weder spöttisch noch hasserfüllt, noch dumm, noch tatengeil, noch traurig, sondern sachlich, fachkundig, interessant und anregend für die gesamte Gastgeberrunde. Und sicherlich war es einer der Höhepunkte des Abends, als Karpfenauge reglos seinen Bericht gab, ganz ohne Absicht effektvoll gebrochen in die einzelnen Satzbrocken des Übersetzers, von der Tücke des Gegners und vom Glück der unerschrockenen Retter.

»Einmal hatten wir neun Kameraden zu suchen. Als wir sie in einem unwegsamen Gebiet, in Dickicht und Felsen, mitten im Bandengebiet, endlich gefunden hatten, entschlossen wir uns, um sie alle neun auf einmal mitnehmen zu können, unsere Ersatztanks abzuwerfen. Und dann holten wir sie an Bord. Aber wir merkten zu spät, dass der Sprit nicht mehr reichen würde bis zurück in unser Gebiet, und wir mussten nun selber, nun zu zwölft, runter in diese gefährliche Gegend. Wir waren nicht vollkommen schutzlos, aber die Leute in diesem Land sind unberechenbar und sehr hinterhältig, leider auch schon die Kinder. Und nun von draußen Hilfe anfordern, das war nicht so einfach, wie ihr vielleicht denkt. Wir hatten ja schon vor einer Viertelstunde die erfolgreiche Aktion an unseren Stützpunkt gemeldet, und unsere Leute im Standort wissen, dass manchmal der Gegner mit Funkpeilgeräten, die er irgendwann einmal einem von uns gestohlen hat, Suchtöne aussendet, um Rettungsmannschaften von uns in eine Falle zu locken. Um eine Gegenmaßnahme zu haben gegen solchen Schwindel, gibt es neuerdings im Rettungskontrollzentrum so eine Frage- und Antwortkarte, geheim natürlich, für jeden, der auf Feindflug geht, und bevor eine der Rettungsgruppen den Suchton anfliegt, muss der Verunglückte so eine Art Persönlichkeitsquiz über sich ergehen lassen, um seine Identität klarzumachen. Und nun fragten sie uns, unseren Piloten, ihn hier«, er zeigte auf den kleinen gescheitelten Mann, »was für ein Auto hast du? Peugeot 403. Welche Parole hatte dein Einsatz? Karpfenauge. Auf welche Bank geht dein Heimatsold? Postscheck Brioude 2245622. Was isst du am liebsten? Spargel. Wie heißt deine Frau mit Vornamen? Und nun passierte das Merkwürdige, dass er den Namen nicht finden konnte und uns alle fragte, der Reihe nach, und wie ein Verrückter in seinen Taschen suchte und sich beinah selber bepisst hätte vor Wut und Angst und dann nur noch so ins Mikro reinjammerte: Um Gottes willen, ich weiß es nicht mehr! Wir lachten alle. Und alle aus Angst, dass sie uns nicht holen. Und dann haben sie uns doch noch geholt. Natürlich werden wir diese Geschichte nicht seiner Frau erzählen.«

Die Zuhörer freuten sich, dass, und wie geschickt, solche Rettungen in der Wüste des Feindes gelingen und sogar Spaß machen können, und es wurde schließlich von niemandem als Übertreibung empfunden, als, um ein Schlusswort zu machen, der Zuhälter sagte: »Wenn einer von unsern Männern da draußen abgeschossen wird und er lebt, dann ist er für uns absolut keine Nummer und auch nicht einfach nur eine statistische Notiz, sondern dann ist er unser Kamerad, unser französischer Mitbürger, mit einer Familie zu Haus, mit Hoffnungen und Träumen, mit einem unmessbaren Wert an sich selbst. Er ist ein Mensch in Not, und er braucht rasche Hilfe. Unser Leben dort draußen ist hart, weil wir meinen: Der andere soll leben.«

Schöner hätte das auch Ratjen nicht sagen können, und eine Diskussion hätte hier sicherlich nur gestört. Sie verließen den Clubraum, sonst nur für Offiziere, und hatten Durst. Ratjen zu Ahlers: »Na? Tolle Burschen?«

»Kann man wohl sagen.«

»Hätten Sie noch diskutiert?«

»Ich weiß nicht. Ich weiß überhaupt nichts. Ich weiß ja noch nicht mal, warum die überhaupt in Algerien sind. Wo ist Algerien überhaupt? Das ist doch Afrika.«

Ratjen lachte, aber der schöne Abschluss war ihm nun doch ein bisschen verpatzt, und er sagte müde: »Alles verdammt kompliziert, Ahlers. Kopf hoch! Raupenfahrzeuge!«

Als Ahlers, trotz Urlaub, jetzt erst mal hier in sein Bett wollte, zogen ihn Wieland und Sastell noch mal vor die Tür.

»Der eine Franzose will was von uns«, sagte Sastell, »der kleine mit dem Schmierscheitel, der Pilot aus der einen Story. Er hat mich gefragt, wo wir jetzt hingehen. Er will hier heute Abend noch raus. Ich hab ihm gesagt, dass wir drei das Wochenende frei sind. Geht ihr noch mit?«

»Kannst mit bei uns«, sagte Wieland zu Ahlers.

»Kann ich. Und kenn ich auch einen, da können wir jetzt noch rein. Ganz gut vielleicht, noch mal reden. Aber besser nicht in der Kneipe. Und weiß auch Bescheid, der Typ. Der ist Arzt, am Pferdemarkt, Ecke Stresemann. Ich ruf mal kurz an.«

Alles klar, bei Bantumak kannst du immer kommen, also ab mit dem schwarzen VW von Sastell, diesmal Zivil, ist sowieso alles Mache, zuerst, und Polly erzählt was von Fidel, aber Polly ist schon im Bett. Und Bantumak hat tüchtig Bier rangeschleppt, der Kleine. Und keiner ist auf das gefasst, was jetzt losgeht.

Denn du kannst meinetwegen sonst was machen, aber Gefangenen die Eier abtreten, abgekillte Bauern auf Esel binden und durch die Dörfer schleppen, wo die Mutter und die Kinder wohnen, und nackte Männer mit dem Arschloch auf abgebrochene Flaschen stoßen, und Gefangene lebendig aus Hubschraubern schmeißen, und Kinder ficken und weg damit in Öfen und Brunnen, »jetzt mach aber Schluss!«. Keiner sagte mehr was.

Der kleine Franzose war totenblass und sagte: »Das ist es, was wirklich bei uns gemacht wird.« Keiner sagte mehr was. Wieland hatte lange Zeit eine gerade erst offene Bierflasche in seiner Hand und trank nicht. Draußen fuhr Polizei.

Bantumak sagte: »Brauchst du Hilfe von uns?«

»Vielleicht.«

»Kannst du die Fotos hierlassen? Ich mach Kopien.«

Der Franzose schob ihm die Bilder über den Tisch, »ich bleibe jetzt hier in der Stadt. Ich gehe nicht zu meiner Einheit zurück.«

»Schreib dir eine Telefonnummer auf«, sagte Sastell, zog schon selbst einen Zettel raus und ließ Ahlers die Nummer notieren, warum das denn? »Die sagen mir dann Bescheid«, sagte Sastell.

»Moment mal«, sagte Wieland ächzend, er wollte jetzt auch etwas leiser sprechen, so wie die andern, »der will von der Truppe weg? Satz machen?« Sastell übersetzte die Frage und die Antwort: »Was würdest du machen in meiner Lage?«

»Und deine Frau?«, fragte Wieland.

»Sie geht für die Organisation nach Toulon, sobald sie weiß, dass ich raus bin. In der nächsten Woche wird aus Schweden ein Brief an sie geschickt. Dann weiß sie Bescheid.«

»Oha«, sagte Wieland, schüttelte den Kopf wie nach einem Schlag, kratzte sich in der Wolle, machte die Flasche leer, rülpste, dachte: Nun sag hier doch einer mal was, und sagte: »Alles KP bei euch, was?« Und Ahlers musste an Beck denken und sagte aus diesem Schweigen, gereizt: »Warum machen die überhaupt so viel Scheiß da unten?«

»Weil sie wissen, dass sie alles verlieren werden. Sie haben Angst vor einem Volk, das sich seine Macht von ihnen zurückholt.«

»Ja, Scheißmacht immer überall. Interessiert mich auch überhaupt nicht.«

»Was sagt er?«, fragte der Franzose. Sastell übersetzte. Der Franzose sagte zu Ahlers: »Aber die interessieren sich schon für dich.«

Und Ahlers lernt tatsächlich schwimmen

Ahlers und Nina sind ein Paar. Nina träumt von Inseln, will ihn aus dem Alltag rausreißen, auf ›ihrer‹ Insel auf dem Schaalsee ganz für sich haben.

Sie hätten beide bis ganz zuletzt nicht entscheiden können, wer wen geholt hat. Erst mal komm ich, hatte Ahlers gesagt, und Nina, immer schön frech: Bloß du hast keine Ahnung, wohin! Und das stimmt, so was kannte er nicht, eine, die an ihm hochklettert vor lauter Lachen und Liebe, und wenn er sie hinlegen will, springt sie ihm aus den Pfoten und fragt: Kannst du schwimmen?, und kitzelt ihn von der Bettkante weg und schleppt ihn durch Straßen, in Kinos, auf Bänke, an Ufer, hinter Hecken und Häuser, in Geschichten und Träume und Glück, und schleppt ihn zurück und lockt ihn von Wand zu Wand in ihrem winzigen Zimmer, Seekarten, Inselkarten, Bilder von Leuten auf Inseln, und eine Insel, da war noch nie jemand drauf, sagt sie, und da holst du dir von mir alles, und ich mir von dir, und dann fangen wir an, und keiner kann hin, nur wir beide.

Und Ahlers lernt tatsächlich schwimmen, gleich neben Zillertal, Hallenbad Spielbudenplatz jeden Tag nach der Arbeit, glatt und kalt an der Angel wie sonst bloß bei Ossi die Aale, egal, für die tu ich alles, und die holt mich auch jeden Tag ab, immer noch Mai, immer noch schöne Sonne.

Nina hatte dabei sein wollen, wenn er seinen Freischwimmer macht, heute, Sonnabend, achter Juni, knallheißer Tag. Aber dann hatte sie telefoniert und vom Bademeister an Ahlers ausrichten lassen, dass sie nicht pünktlich wegkommt, noch eben vor Feierabend die Alte aus Gönne, Stammkundin im Salon Dömel, Othmarschen, Emkendorfstraße, und die Alte kommt nur wegen Nina und nennt sie mein Kindchen, da kann sie nicht einfach losgehn zu Ahlers, das steht im Vertrag, und das sind Gesetze, machs gut, das schaffst du, um zwei bin ich oben beim Bus.

Jetzt war es kurz nach eins. Es hatte alles bestens geklappt, Ahlers war nicht zur Arbeit gegangen, krankschreiben lassen musst du ja auch mal wieder, und dann morgens erst rüber zu Oli, der hatte die Wochenendschicht bei Essodienst Oberstraße mit Tiefgarage, und der gab ihm die Zündapp für Schaalsee bis Montag, immer noch astreiner Typ, und wenn die Mühle nicht immer gleich anspringt, kurz mal auf den Schwimmer dippen, losdrücken, Dauerlauf, langsam die Kupplung weglassen und drauf. Das hatten sie erst mal noch paar Mal geübt, Essochef Paulsen ist gar nicht so, Kreisverkehr Innocentia, schön stille Gegend, und vornehm alles, mit Frauen im Park, und keine hat Arbeit, bloß jede ein Kind, und der Alte geht weg zur Maloche und darf auch schön zahlen und manchmal auch ficken, aber sieht nicht so aus bei den meisten, wie die so dastehn und ganz lange Beine und ganz lange Weile und alles schon Ende und ziemlich kaputt und egal, aber gut, das hatte geklappt, Ahlers fuhr los, ballerte runter zu Atsche, Marktstraße 4, der wollte ihm zeigen, wie man Boulettenhack anrührt, Geheimtipp vom Chef vom Männerpuff in Djakarta, denn einmal bist du nur jung und irgendwann hast du plötzlich das Zittern, genauso wie ich, mach dir nichts vor, mein Butsche, sie machen dich fertig, wer wen, das wirst du ja sehn, hier hast du jetzt erst mal die Beiße für siebenmal Dauerstoß ohne Gräten, und so reden alle. Ich auch mal. Wann war das?

Die Stadt war für Ahlers heute ganz frech und beknackt und zum Lachen und längst nicht so abgefummelt und ausgeleiert wie sonst, und die Zeit, die Stunden wie riesige Zimmer und Schlösser und Himmel, Haus ohne Wand und doch Haus für jeden und alles, für Nina und mich und sonst keinen und alle, und alles in bester Ordnung und schön durcheinander.

Er wollte, dass Nina jetzt kommt, lief Spielbudenplatz hin und her zwischen Café Granada und Hotel Stein, sah sich den Schein noch mal an, den Freischwimmerzettel mit Unterschrift, amtlich und nur für ihn. Komisch, dass so ein Zettel was wert sein soll. Er hatte das Nina noch gar nicht erzählt, wie er früher schon mal dabei war: Unglück und schwarzes Wasser und Schrei. Das geht nämlich alles auch ohne Zettel, und am besten aus Hass. Aber Nina, das kennt er, das hört er auch jetzt schon, wird sagen: Macht ja nichts, Junge, dann hast du das schriftlich. Und schriftlich und alles gedruckt und mit Stempel macht Spaß, das stimmt, da hat sie mal recht, hat sowieso meistens recht, und die will ich, die muss ich nachher mal kanten und küssen, bis sie die Beine aufmacht und jammert und jammert und ja sagt und ja sagt und sieht, wer hier recht hat.

Er knickte den Zettel sorgfältig wieder zurück in die vorgeschriebenen Falten, stellte sich vor der Badeanstalt stur in den Weg von Leuten, klemmte den Zettel wie eine Verzierung links in den oberen Taschenschlitz von der Lederjacke von Oli. Er hatte zum ersten Mal eine Prüfung gemacht, er, Ahlers. Er hatte Zeit eingehalten, getan, was die wollten, geschwommen, getaucht und Kopfsprung und Glückwunsch, endlich mal Glück mit Ausweis wie alle, da wird sie sich wundern, noch beinah ne Stunde, wo ist hier mal Bier.

Nina rieb vorsichtig ihren Kopf in die Lederjacke, das kurze Haar bis an Ahlers' Haut, und sah sich den Schwimmzettel an wie ein Bild, die Augen schon weit weg auf Wasser und Wald und Reiher und Mond. Sie lagen im Gras gleich unter Palmaille. Sie hatten jetzt vierzig Stunden für ihre Liebe, egal was kommt, aber »los, komm hoch, komm schnell, das ist nicht viel Zeit«.

Sie brachten, zwei Kilometer nördlich vom Gutshaus, die Zündapp in Deckung, mannshohe Fichten und Farn, besser das letzte Stück

Weg, durch Raps und Busch, erst im Zwielicht laufen. Noch eine Stunde.

Nina reckte sich auf, wollte ihm schon mal die Insel zeigen, das Feldgelände zum See hin fiel ab, aber zu schwach, und noch zu weit weg, See und Felder und Wald noch unausfindlich ineinander verschoben, vielleicht der Vogel dahinten, lass uns was essen, alles schön still, hier kommt keiner her, »wer weiß, sei mal still«. Nur ein Reh. Und ganz fern der Duft von Lupinen. Ein Reh hatte Ahlers noch nie gesehen.

Sie liefen ein Stück in den Wald, Hochwald und Busch, Mulden und Abhang und Bruch, aber besser nicht hinlegen bei dem Hunger. Nur einmal hielt Nina ein Brot mit dem Mund und fragte ihn: »Willst du? Beiß ab!« Sie fassten sich unruhig an, traten auf Käfer und Brot.

Und etwas später wand Ahlers sich starr wie ein tanzender Bock auf sie zu, vor der Hose unten ein dickes Stück Aal von Ossi: »Komm her, das ist deiner, hol ihn dir weg!« Sie gingen stumm aufeinander zu, aneinander vorbei, langsam um Stämme von uralten Bäumen einander nach, langsam hin und zurück wie um ein Zauberholzfeuer.

Eine Eule fiel lautlos aus Ästen über den Hang. Es war dunkel genug. Sie konnten gehen. Ahlers schleppte den Lastwagenschlauch mit all dem eingebundenen Zeug für die Insel, Nina die beiden Satteltaschen. Das Ufer war dicht verschilft. Sie zerrten den schweren Ring an einem Schlepptau ins offene Wasser. Sie sahen die Insel, sahen sich an, horchten, kein Laut. Nur weit zurück, überm Wald in den Süßlupinen, ein Schuss.

Auf der Insel im Mondlicht im Moos im Schlafsack war alles einfach mal Glück. Und als es dann hell war, dunstig, taubenstill, Licht ohne Mond, schien beiden die Enge im Sack wohlig wie ganz weite Welt, unsichtbar alles für alle, aber alles endlich mal glücklich zu sehen, nur für die beiden allein. Ahlers hatte den Wunsch, sich um Nina zu legen wie Haut, aber er hatte nur Hände, hörte ihr Herz, sah regungslos zu, wie sie, schon tief aus dem Schlaf, die Beine streckte, die Knie aufmachte, sooft er die Hand im Busch unten vorsichtig wälzte und rieb. Er zog mit der Hand über alles hin, lautlos mit Segelhänden von Ufer zu Ufer, leicht, mit Flügeln, und überall Lichter und Duft, und sah das ganz ruhig mit an, und küsste den Bauch und innen die Beine und oben die Haut hinterm Ohr und flüsterte staunend und ganz versoffen: »So schön klein wie du war ich glaub ich noch nie.«

Er gackerte lautlos in sich hinein, kroch aus dem Sack, deckte Nina sorgfältig zu gegen Mücken, auch ihr Gesicht, o Mann, was die schön ist, vorsichtig mit dem Kleid. Bei dem Kleid fiel ihm allerhand ein, dünn und eng und bis oben kein Zeug, er hatte schon wieder den ganz großen Jeminez in der Hose, aber egal, jetzt lass sie man erst mal, jetzt fick ich hier gleich mal die ganze Gegend, Wasser und Wald und Mücken und Füchse und Fisch, los ab, da beiß ich jetzt rein, und trabte schlendernd davon, mal sehn, was die sonst noch so alles bieten hier in der Gegend.

Als er nach Stunden zu Nina zurückkam, weckte er sie. Als sie ihn sah, zog sie ihn hastig mit beiden Armen zu sich hinunter: »Was hast du?« Er hatte überall auf der Insel nur Angst gesehen, wollte aber nicht reden, wusste nicht, was. Er hatte Fische gesehen, Enten mit Jungen, den Reiher, Rohrweihen am Horst – einen Graustorch für Ahlers und zwei rote Adler mit gelbem Kopf, »so musst du mal fliegen können, riesige Ottos, aber Gedicht, alles Kurven und Kreise und Sturzflug und Schwünge nach oben, alles ein Zirkus, für Schau für die Alte wahrscheinlich, die bleibt immer schön am Nest und passt auf die Lütten. Bei den Enten genauso, bloß immer die Alte immer schön Vorsicht, bloß eine Alte, und manchmal wie ne Rakete, so n Kleiner, hinter ner Fliege her wien Verrückter, tippeln glatt übers Wasser wie Jesus, oder wer war das, aber aus Hunger.«

»Und der Reiher?«

»Unheimlich stur und still, kein Flachs. Ich denk schon, der will mich anmachen. Steh du mal so lange für nichts. Aber er weiß schon, der Alte, Kopf schön ganz reingezogen, ganz klein hinterm Puckel von den Flügeln, und dann plötzlich: ratsch!, haut er den Schnabel ins Wasser wien ganz langes Messer, auf Stich geworfen, die arme Sau.«

Ahlers sah vor sich hin.

»Ich hab unheimlich Durst, Alte, los, mach ein flott.«

Nina ließ ihn so reden, zog das Zeug, auch die Tasche mit Bier, weiter runter, in die Sonne, ans Wasser, wollte von ihm, dass er sagt, was er hat, aber er hatte schon alles gesagt.

Ahlers hob den Kopf und grinste sie an. »Ich hab dir was mitgebracht, das weißt du noch gar nicht, pass auf.« Er hatte im Hafen, vor Wochen schon, von einem beknackten Japaner ein Sony gekauft. Er wollte Nina was schenken, »hab ich noch nie, du bist die erste, hier«. Sie krochen nah zueinander und drehten und horchten, lauter Sender, lauter Musik und Gequatsche, kannst du kommen lassen und wegdrehn, wie dir das passt, nämlich Enten und Sonne und schöne Liebe, das ist sowieso, da kannst du nichts machen, aber so was, da hast du Arbeit gehabt, und jetzt steht er dir auf dem Bauch. Mit Nina hatte er Glück, das konnte man sehen, und jetzt konnte man das auch mal hören, durch uralte Baumkronen, gegen Tauben und Teichrohrsänger und Tannenrauschen lets twist again, Ramona und Liebe mich immer und ewiglich, halben Wochenlohn, drei Tage Abbruch für Nina, das war nun mal alles mal endlich in Ordnung, so konnte das weiterlaufen, egal wohin, Bier und Blue Diamonds und Bouletten, und manchmal noch mal die Reise machen, Nina nur eben das Kleid nach oben, heimlich auf Ahlers, und sieht ihm zum ersten Mal zu, wie er jappt und jammert, den Kopf schlägt und stößt und starrt.

SPLITTER 2

—

alles böse hat sinn. der einzige unsinn ist die liebe. so ist sie unverlierbar. auf gehts! du weißt bescheid. wir gehen über die fassbarkeit aller sachen, über die rechenbarkeit der substanzen, über die logik der kanten, die schöne gestalt allen wissens hinaus weit aufeinander zu.

—

denn schon
dort wir
das kannst du erkennen
tanzt dir die haut
lacht dir das haar
hitzt mich dein auge
fliegst du von einer hand
regenrot singend
siehst du entdeckung
guck mal
merk mal
merk dir das endlich mal

wir freuen uns
auf dein gesicht

–

Er kam mit leeren Händen in die Wohnung. Als er noch unterwegs war, auf den Brücken, hatte er sich auf seine Frau gefreut, auf die Wohnung, auf irgendwas, wo man hinkann, überhaupt mal freuen, mal was Schönes machen, mal einfach irgendwas Schönes machen, verdammter Mist, was ist das bloß.

Schläfst du schon, fragte er vorsichtig. Sie antwortete nicht. Sie sah ihn an. Aber das konnte er in der Dunkelheit nicht erkennen. Er ging zurück, unter die Lampe, ans Bier. Seine Hand zitterte beim Eingießen überm Glas, er setzte sich hin, war müde, war wütend über die Müdigkeit, trank hastig das Glas leer, sah beim Trinken übers Glas weg die kleine Schallplatte, und auf der billigen Plattentüte die beiden lustigen Bürschchen in blauen Jacken, *fontana 266193 TF.* Er ging hin, legte die Platte auf, wollte hören, stand vor dem glänzenden *Loewe Opta*, wollte das endlich mal wieder hören. Aber nach den ersten Takten nahm er den Tonarm schon wieder weg. Der Plattenteller drehte leer weiter. Ahlers stand vor sich hin, seine Augen folgten dem Kreislauf des Tellers. Er sah seine Hand an. Er bewegte mit der linken Hand die Finger der rechten. Er sah sich die beiden lebendigen Hände von Ahlers an, wendete den Kopf zurück nach der halb offenen Tür, er war nicht allein. Er freute sich, aber er sagte: Ich denk, du schläfst.

Mach noch mal an, sagte sie.

Er wollte hingehen, blieb stehen, sah sie an. Die sieht schön aus.

Ist was, fragte sie.

Er freute sich, aber er sagte: Zieh was über, wirst bloß noch krank.

Sie zögerte, wollte zu ihm hingehen, ging zurück ins Schlafzimmer, zog die Tür hinter sich zu. Er wollte noch etwas sagen, aber er konnte nicht reden, war stumm, als läge er da, Steine auf seinem Mund. Wo kann man hier raus. Er sah zur Tür, er hätte sie öffnen können. Er sah das Fenster, das Fenster war nicht vergittert. Ums Haus war keine Mauer gezogen. Keinen Aufpasser gab es, keine Kontrollen, keine Strafe. Verdammt, wo kann man hier raus. Aber nicht einmal das, kein Ton. Ihn fror. Sonst nichts.

—

alles geschenkt, alles verloren. mehr weiß ich nicht mitten im achten jahrzehnt. und unsere liebe zum schluss nun ist mir die schönheit im unsinn. die hand überm schnee.

—

wo du nicht endgültig gehst
bist du schon selbst garn

wo du wirklich das tust was du weißt
kannst du so elend nicht werden

dennoch der haken bleibt drin
dennoch den faden abbeißen

—

Junge Leute der Kriegsgräberfürsorge bei der Pflege von Soldatengräbern

Verschiedene moderne Soldatenfriedhöfe

SPRECHER Aber das ist ein ziemlich weites Feld. 2300 Tote. 1900 Tote. 30 000 Tote. 2 000 Tote.

Schulhof mit spielenden Kindern, heute, bewegt

SPRECHER 2 000 Kriegstote – was heißt das eigentlich?

Volksschulklasse, heute. Gruppen und einzelne Gesichter

SPRECHER Dies hier sind vierzig Kinder. Man nehme fünfzig Schulklassen, dann fünfzehn Jahre weiter, dann einen, der gibt einen Befehl, und einen, der gibt den Segen. Dann totschlagen.

Kriegsgräberfeld

SPRECHER Das sind 2 000 Kriegstote. Unter jedem Kreuz also einer der lachen konnte, der leben wollte. Aber jemand gab den Befehl, und jemand den Segen.

›Ehrenmal‹ am Hamburger Dammtorbahnhof. Schrift am Denkmal, heute: ›Deutschland muss leben, und wenn wir sterben müssen.‹

—

Einmal kam eine Dame ins Haus, in den Schulunterricht für junge Gefangene, Gruppengespräch mit einer Sozialpsychologin, Zucker in Hintern blasen, wie Balthasar und andere Schließer das nannten. Die Dame war rumgekommen, war menschlich, kannte die Resozialisierungsversuche in Schweden, die Lage der Schwarzen in Harlem, die Kinderdörfer in der Schweiz und das Aufbauwerk der Kibbuzim in Israel. Und als Ahlers sagte: »Und Algier?«, fragte sie ihn, was dort sei. »Da kämpfen sie nämlich«, sagte Ahlers, und da hatte sie plötzlich ihre Diskussion, ihre offene Aussprache, von der sie am Anfang geredet hatte, denn der Sozialarbeiter, der sonst hier den Unterricht machte, Philipp Moneta, genannt Pino, stieg voll mit ein, und auch Henning Specht, und auch Karl Kasten, und die Dame wollte immer von Freiheit was sagen und friedlichen Mitteln und Völkerverständigung und Frieden von Evian, aber sie wollten alle am liebsten Gewalt, und die einen meinten die langen Messer der Legionäre und die anderen den Hinterhalt der gefolterten Bauern. Und als die Dame, die schließlich auch nicht einfach allein bleiben wollte, harmonisierend zuzustimmen versuchte und die Hinterhaltkämpfer »wohl Idealisten« nannte, war es plötzlich verwirrend still im Unterrichtszimmer, und Pino sagte: »Nein, Realisten.« Ahlers sah Pino an. Und dann sagte Kasten, Rocker, Abbrucharbeiter mit Sprengstoffpraxis, lachend: »Die wissen nämlich da unten, was läuft!«, und Henning Specht lachte auch, und die Dame fand das eine gefährliche Tendenz, die einmal genauer untersucht werden sollte.

—

proff zog den mantel um sich, nahm wie ermüdet wieder den gartenstuhlplatz, dann sagte er vor sich hin, so sitz ich oftmals dazwischen, die kämpfen wollen, wollen nicht fragen, die fragen wollen, wollen nicht kämpfen.

wann gehen wir zusammen los, fragte moritz lauernd den vater, wann gehen wir zusammen auf diesen weg. kümmer dich du nicht, dreh dich nicht überall hin. aus unsrer arbeit wird fragen kommen, aus unsrem fragen arbeit. das ist eine gleichzeitigkeit. ich will nicht mehr eins gegens andre verschieben.

—

die eine wand bei sich hatte proff besetzt mit fotografien, alles bilder, sorgfältig ausgeleuchtet, kennerisch produziert in körnung und ausschnitt, schatten und licht, von eingitterungen. lauter zäune und gatter, auch netze, von irgendwo weit im süden die hecken aus kaktus bis hoch ins sommerzwielicht, kalt nass uralt, die schützende schottische weidenwindmauer. auch mächtige zierdeeisen in kirchen, vor schlössern, bucklig gemauertes brückengeländer in einem englischen park. auch klappriger lattenzaun. auch natodrahtzaun. auch der elektrisch geladne nach innen gekippte von auschwitz und buchenwald. auch das fliegengitter von stammheim.

wäre jetzt neben ihr proff, würde sie mit ihm von bild zu bild gehen, reden, warum das so ist, die gitterung überall gegen wen, und also wohin jetzt, heut noch, du auch, der sprung, unser bruch, wir leben. und wir sagen nicht netz, sondern wasser. nicht fliegengitter, sondern wir fliegen. so war das gut.

so war das nicht gut.

neben uralten platten von biermann und degenhardt, klar auch gekrächz *spaniens himmel,* standen im offenen schrank da mozart und mozart und mozart. anna schob ins gerät eine schubert-kasette. und da war sie, passte nicht auf, gepackt wie nackt, sank ab, in tränen, b-dur, klavier, uferlos niedergeschlagen in schmerzen, in schönen tod. über knopfdruck ließ sich der satz wiederholen endlos das schnüren. kabelkalt schnur. die wollen wir nicht. die sind wir nicht. anna hastete wo. liebe weint nicht, sagt anna, liebe greift an.

—

rot oleander wiegend im rost kniehoher schmierfetteimer, umkrautet trocken von schafgarbe und kamille, nah stürzen braune wasser, gesang, aus dem schwarzen schiefer der brückentürme blitzt sonne aufs kneipentürfenster, die drehklinke beulig aus messing hängt schief im ausgeschlagnen holz, nichts ist verschlossen, die alten farben fallen von immer noch älteren farben, im barstubenschummer duftet es grün nach knoblauch und café noir, summen die fliegen, schnauft gelb der hund, unterm tisch nah der tür liegt sein kopf auf den weißlich verschliffenen dielen, sein schwerer bauch, umwickelt, gewärmt gegen alterskrankheit, mit einem kinderjäckchen, ruhig sieht er auf gäste und katzen, die kleineren katzen liegen im arm der kinder wie kleinere kinder, aus strümpfen, karton und blumen ist im thekenbereich die wohnung der puppen, der vater, um zwei pastis auszuschenken, steigt über bunte schachteln. leicht fasst der wind die tür, blinkt messing, blitzt brückenlicht. nichts ist verschlossen. niemand von hier steht auf. aus solchen häusern wär ich nie losgegangen, ist alles schon in bewegung, der tag, die nacht, der fluss, eines jeden gesicht. nichts ist verschlossen.

anna hatte geträumt.

—

Hörst auch Du das Fatale im Medienjauchz gegen das Wort Utopie? Sie denken, sie schöben uns da etwas zu, zurrten uns Stein an den Hals, uns die Luft zu nehmen in den Untiefen ihrer brackigen Tümpel. Unser Kampf geht einfach: Wir werden beleidigt. Wir schaffen das ab. Unutopisch. Ganz jetzt.

–

gitter das
ach der
ordnung
schützung
stützung
zierdung
erst hölzern dann
aus geschlagenem stein
beinweiß gesenkt
als fangfaden schwarz
der strick

—

aber jakob kargow biss all die feste rote wurst nur wie fraß, als kaue er bitter die eigene zunge, sag mir mal, schmatzte er hin, kann das sein, manchmal plötzlich hab ich die furcht, sie hätten das mittel gefunden, sie könnten es finden, sie haben es schon, im menschen was auszulöschen, so dass am ende er lebt und liebt sein leben nicht mehr, und lebt aber weiter, schon ganz verbrannt, geht das, otto, was meinst du, zu leben ohne zu lieben, jetzt zupfte kargow den ärmel an otto, jetzt kniff er ihm die haut auf der hand, und flehentlich, dass er nicht recht hat, sagte er arm, dann sind wir alle verloren. dann stand er auf, räumte ab, rieb flecken, dann wären wir alle verloren, wenn wir sie vorher nicht niedermachen.

—

arbeitslos in der schleife
geschliffen für jeden
männlichen truppengang höhnisch
gehärtet der muskel des herrn
hirnlos das milchfleisch
zur wahrung zivilisierter interessen
im bilderverschlingen geübt verschlungen
zu binden gerne zu würgen
was frei seinen atem erhebt

DA IST KEIN KLUGER FREUNDLICHER PLATZ ZWISCHEN MÜNDUNGSFEUER UND AUFSCHLAG

Der Roman »Wird Zeit, dass wir leben« (1976) erzählt von den Konflikten vor und nach der Machtübertragung an die Nazis 1933. Es geht um die Kämpfe zwischen Rechts und Links, die Konflikte innerhalb der KPD, ob man die Nazis nicht mit der Waffe bekämpfen sollte und um die Rolle der Polizei. Der KPD-Funktionär Schlosser, entschieden auf Parteilinie und gegen den Einsatz von Waffen, wird von der Gestapo verhaftet und am Ende von bewaffneten Genoss*innen befreit. Im Zentrum des Romans steht der Polizist Leo Kantfisch, der langsam begreift, dass er auf der falschen Seite steht, und sich an der Befreiungsaktion beteiligt. Die folgenden Auszüge aus diesem beinahe übermütigen Roman zeigen Schlosser in seiner Gefängniszelle und warum Leo Kantfisch erst Polizist wird und dann die Seiten wechselt.

Vorläufige Erinnerung

Der KPD-Funktionär Schlosser sitzt in diesem Anfangskapitel allein in der Zelle des Untersuchungsgefängnisses und lässt vor seinem geistigen Auge die Ereignisse Revue passieren, die ihn in die Fänge der Gestapo gebracht haben.

Als sie an jenem Ostermontag aus dem Schatten der Höfe, aus der Deckung all dieser Gesichter bewaffnet über ihn herfielen, war er nicht überrascht, hatte gegen sie aber nichts in der Hand. Er war ein Mann aus der Leitung, fast vierzig Jahre alt, zwanzig Arbeitsjahre als Schlosser im Dock, Arbeiterkampfjahre bis jetzt hierher, leere Hände, nach hinten gedreht, ins Eisen, für Arbeit und Brot.

Er war nicht überrascht. Er kannte die Straßen. Sie fuhren zum Stadthaus. Er lief ihnen an der Kette die Stadthaustreppe hinauf, an der Kette durch kleine Büros, an der Kette bis an den Stuhl. Dort solle er, sagten sie, nachdenken »bis du tot bist«, und verließen die Zelle, in Eile, polternd.

Er horchte ihnen nach. Er war überrascht von ihrer Angst. Er hatte jetzt plötzlich Durst.

Schlosser war der aus der Weihnachtsgeschichte* am wassergekühlten Maschinengewehr, hinter Zeitungsballen und Pissbudeneck, mit pflaumigem Homburger auf, nur dass Berlin seine Stadt nicht war, sondern Hamburg, Türme und Masten, Arbeit und Kinder und Stehbier und Kampf: vom Arbeiterrathaus bewaffnet gegen den Bullenförster aus Daressalam*, paar Jahre später aus Hungerdachluken gegen die Ordnungspanzer von Obertier Danner*, nicht unser Ober, nicht unser Panzer, nicht unsere Ordnung, bloß unser Hunger, und klar auch erst mal den Knast aufreißen, los komm, ja, du auch, aller Anfang ist Knast, also weg damit, lachen, endlich mal rot und nicht tot, in all diesem Krieg von Holstenglacis* bis Billstedter Jute*, rede, Genosse Mauser*.

Er richtete sich streng auf. Er wusste aus seiner Kindheit, dass er nicht hatte einschlafen können, solange das Trinkgefäß im Kanarienbauer nicht regelrecht eingehängt saß, sondern achtlos, in Eile, verklemmt. Achtung, Richtung, Ordnung. Regel und Recht. Auch hatte er nur mit Widerwillen an seiner Schulaufgabe weitergearbeitet, sobald ein Fehler, auch nur ein Verschreiber passiert war. Auf einer neuen Seite sofort, am liebsten kariertes Papier, aber woher für Arbeiterschulkinder all das Geld, pass besser auf, »pass bloß auf!«: Ordnung als Drohung und als Beschämung noch überall hinter der Ordnung. Und irgendwann willst du das selbst. Wasser verschluckt dich, treibt weg, lockt dich runter in offene Arme, in alles verhextes Glück, fließt also nützlich nur zwischen Mauern nach Maß, aber nach wessen Maß.

Er war bemüht, für dieses letzte Stück Weg alles Fragliche abschließend klarzustellen, richtigzustellen, sicherzustellen, möglichst kühl festzustellen. Aber der brennende Durst, die leeren Hände im Rücken, die Beine im Gittermuster all dieser Fenster. Draußen waren Sonne, die Stadt, das Wasser. Die Stadt aber glatt und matt. In der Hitze unter der Zellendecke glitten unhörbar Fliegen im Schwarm, wehten zart zueinander hin, stießen weg voneinander in rasendem Zickzack, wozu, und wie viele sind das, er suchte die richtige Zahl, er würde dann sicherer schweigen, nachdenken, bis du tot bist.

Wann fängt dein Sterben denn an?

»Unsern Tod bestimmen wir selbst.«

Das hatte ihm Schupofips Leo* gesagt. Der hatte die letzten Jahre, auf Zeit, mal Wachdienst im Stadtteil St. Georg gehabt, den mochten sie gern, trotz Schlagstock und Blaurock, den fanden sie alle so lieb und fein, und auch fuchsig gelernter Mann, der Rekrut, mit beinah schon mal Abitur gemacht, und selbergebauten Negertrommeln, »und kannst dich trotzdem auf ihn verlassen«, »mach klar, Leo, dass sie den Schlosser nicht fangen!«, und war ihm auch meistens geglückt.

Und Pudel lacht ihn sich an und legt ihn sich griffig zurecht, kostenlos, sonst steht sie Hansaplatz, für meistens nur Bessergestellte. Und kommt bei ihm zärtlich ins Hemd. Und stolziert danach wippend um Schlosser. Aber Schlosser fasst Nutten nicht an.

Vielleicht auch nur wegen Bürobeschluss. Denn das Lachen von Pudel, der Schönsten vom Kiez, war der Leitung verdächtig gewesen, »unser Kampf ist kein Witz und bestimmt keine Zote«. Aber doch auch kein Schulstundentag mit Gradesitzen und Eckestehen, wenn du am liebsten mal lachst. Sie hatten sie in die Ecke gestellt. Und Pudel hatte zu ihnen gesagt, dass Genossen was mit Genießen zu tun hat, »sonst alles bald bloß nur noch Krampf. Klar kann man dem Kantfisch trauen«. Sie trauten ihr nun erst recht nicht mehr. Leo Kantfisch war Polizist. Vertrauen ist gut, Kontrolle ist besser – als gar nichts. Also fast nur noch Kontrolle. Wo sind wir selbst? Da fängt dein Sterben schon an.

Schlosser hatte mit Leo unlängst noch nachts über Frauen gesprochen, im Hausflur Danziger Straße. Geruch aus den Abfalleimern, das Abstellen und das Spielen von Kindern der Eigentümer, die schwache Bewegung der Tabakglut. Draußen die Razzia nach Maß, nach wessen Maß, Waffenträger schlägt Zettelkleber, schlägt diesmal haarscharf daneben. Pudel hat lachend aufgepasst, trotz Verbot noch lange nicht tot, hat den Schlägertrupp rechtzeitig durchgepfiffen an alle, »sowas macht die aus Spielerei«, »lach du doch auch«, »das ist keine Frau«, »und wir hier bei Nagel und Blohm und Danner, ihr verkauft euch doch jeden Tag auch«, »aber nicht so«, »nur jeden Tag euer Leben«, »unser Leben ist die Partei«.

Schlosser hatte sich paar Stufen höher gesetzt als der Schupo, besseren Überblick durch die Flurfensterklappe, »bei der Frau muss man Angst haben, dass du dich ansteckst«, Leo drehte sich nach ihm um, »mitten im Dreck dein Stück saubere Ordnung. Hast Angst vor den Menschen, Schlosser«.

Da fängt dein Sterben dann an.

Er saß nun leer für sich selbst, aber wer, aber ich, aber was, aber nichts in der Hand, aber wir, aber wann, aber jetzt, aber alles entrissen, trocken und taub. Nicht mal mehr endlich noch Blut in deinen hängenden Fäusten. Was haben wir falsch gemacht?

»Mitten im Krieg dein Kampf ohne Waffen. Das darfst du nie machen.«

Das war vor sechs Jahren das Knechtemädchen im Gutswald derer von Zachun*, der Herr Alexander nannte sie Karo, zärtlich mit seiner Peitsche gegen den Hass dieses Kindes.

»Wir könnten ihn fangen. Die sagen, ich bin seine Tochter. Er soll uns alles bezahlen. Und dann paar Steine am Hals. Das Wasser dort draußen ist tief.«

»Wir sind keine Mörder.«

»Jonny sagt, ich bin ein Indianer. Wir sagen, im Schloss sind die Weißen.«

»Wer ist Jonny?«

»Der Vater von meiner Mutter. Die hilft in der Küche. Die könnte auch Feuer legen, wenn wir das wollen.«

»Wir dürfen nichts provozieren.«

»Rede nicht wie die Weißen. Dann versteh ich dich nicht.«

Das Mädchen hielt gegen ihn starr seinen Kopf gesenkt, aber die Hände als Fäuste.

Auf so einfachen Hass, auf die Schönheit einer so selbstständigen Gewalt war er nicht mehr gefasst, erst recht nicht hier oben in Herrschaftswäldern über all diesen Seen. Er war mit dem Fahrrad im Auftrag der Leitung für Tage und Nächte dort draußen in Scheunen und Hütten, trotz Regen im Hemd und Dreck an den Beinen und Hunger, die Augen scharf auf, den Kopf klipp und klar gegen Waffen gerichtet, die hier im Gelände der Eigentümer als Übungswaffen im Einsatz waren für deren Innere Sicherheit, für heimliche Truppen gegen die Stadt, Häuserkampf um Schafstallmauern, Vorhaltegrad zwischen Raps und Lupinen, die Ziegelei als rote Fabrik, die Baronin als Krankenschwester.

Er hatte alles notiert.

In der letzten Nacht saß er heimlich im Häuslerwinkel bei Karos Mutter und Jonny, »die drüben damals, die Roten gegen die States, die konnten nicht schreiben, die hatten nichts für Notizen und Zeitung, die haben niedergestochen und ausgebrannt und vernichtet«.

»Warst du selber dabei?«

»Nicht bei den Weißen. Und auch schon bald sechzig Jahre vorbei, inzwischen.«

»Und die Roten drüben sind jetzt an der Macht?«

»Alles vernichtet. Alles nie einig gewesen. Alles dann doch noch geglaubt, und Briefe geschrieben von weißen Agenten, und Verträge gemacht mit dem weißen Vater. So dumm bist du auch schon bald, sieht man.«

Der Alte stieß seine Tochter an, die junge krumme Mutter des Mädchens, »sag ihm mal, was er hier aufschreiben soll«.

»Dass wir sie in die Scheune treiben, und Steine vors Tor bis an den Hals, und dann lebendig verbrennen.« Sie kam um den Tisch an Schlosser ran, packte ihn mit ihren grauen Fäusten an beiden Ohren wie einen Sohn, sie war im Stehen vor ihm noch kleiner als er im Sitzen, »komm, Karo, bring ihm mal Schnaps, dann schreibt er nichts mehr und bleibt er bei uns, und morgen machen wir Feuerchen an, morgen ist Sonntag, den Wächter gleich mit, den Pastor, den kleinen, geputzten!«

Er fuhr noch nachts, mitten im Regen, dort weg. Das Mädchen, das besser die Wege kannte als er, kam am Dorfausgang stumm auf ihn zu. Es war so dunkel, dass man glauben konnte, er hätte sie nicht gesehen, so laut der Sturmregen in den Buchen gegen die elende Wut ihrer noch kindlichen Stimme.

Schlosser ließ den Kopf weit nach hinten sinken über die niedrige Lehne, über die leeren Hände, hing da mit offenem Mund, als könne er jetzt noch von irgendwoher Regenwasser auffangen. Aber saß schon viel früher gefangen. Neulich zuletzt doch schon auch, noch mitten unter Genossen.

Die andern hockten am Boden, den Rücken zur Wand, er selbst, als Leitungsmann, mittendrin auf dem einzigen Stuhl, den es gab, erst ein halbes Jahr war das her, in der Nacht nach dem zwölften Oktober, im Versteck am Kanal, Wasser fließt nützlich nur zwischen Mauern, wer hat was von Waffen gesagt, wir, wer seid ihr, so einer wie du, dann gelten für euch die Beschlüsse doch auch, wo macht ihr Beschlüsse, wer ihr, wer wir, wer wen, diese Frage als Riss durch all unsern Kampf, pass bloß auf.

Nämlich gleichzeitig in der Billstedter Jute Streik: gegen Spitzel und Waffen der Eigentümer im Firmengelände, gegen den Rausschmiss von Arbeiterposten, die diesen Dreck aufgedeckt hatten. Und die Posten, die sollen bleiben. Und sollen nicht wehrlos bleiben. Die Leitung, vom Stadtkern her, hatte zur Unterstützung der streikenden Stadtrĕndler aufgerufen. Ein Treffpunkt, halb nachts, war die Eilbektalhütte gewesen, drei Jungarbeiter im schwarzen Frühdunst der Wandseböschung. Das Gebimmel von drüben Versöhnungskirche nützt aber niemandem mehr. Ein Polizist, der uns angreift, bleibt tot in der Nässe der Hecken. Die drei flüchten weg vor dem eigenen Schreck in den Schutz von Genossen. Aber »wo habt ihr das her, das ist Provokation, das stützt die Interessen des Gegners«.

Am schlimmsten für ihn, nach Schreck und Hecken und Dreck, war die Freude in ihren Gesichtern, dieser Schatten von Glück, »ihr seid doch nicht, was die oben gegen uns sagen und schreiben«. »Doch, noch besser vielleicht, noch viel schlimmer am besten, sonst kommt unser Kampf ja nie durch!« Rigo hatte das langsam und finster runter zwischen die Knie gebrummt. Vom Stuhl her sah man nicht sein Gesicht.

»Rück die Walther raus, die muss weg aus der Stadt, mit Kurier, noch heute Nacht.«

»Die bleibt hier. Die ist gut. Die brauchen wir noch. Halt die Pfoten weg, Stuhlmann!«

Karl Ludwig Kasten nannten sie Rigo, zwei Zentner knochig groß, schon fünfundzwanzig in diesem Herbst, schon über drei Jahre arbeitslos, wer arbeiten will, der findet auch was, »ich hab was gefunden, das geb ich nicht her«, seine Boxcalfjacke hatte Gewicht, nicht nur vom Regen, mattschwarz innen links runter, die Waffe nah an der Haut. Sonst redete er nicht viel. Nur das Lachen vom Bullenbeißer, endgültig herrenlos.

Schlosser richtete sich streng auf, sagte, er sei jetzt bemüht, alles Fragliche möglichst klar richtigzustellen, sicherzustellen, kühl festzustellen. Die Jungen lachten ihn aus, »hier wird jetzt was locker gemacht, und fest steht bald nicht mal dein Küchensofa, lauf mal schnell hin, Mutti will ficken«, sie hörten ihm gar nicht mehr zu. Aber eng, denn seine Trauer ließ er nicht zu, entschlossen, denn seine Fragen würden jetzt nur den Verfolgern nützen, und als ein Mann aus der Leitung, denn wer bist du selbst, sagte er ihnen dennoch all das, was sie als seine Genossen längst hätten nachlesen können: dass die Erschießung von Polizisten nur freches Abenteurertum sei, nichts Verbindendes gäbe es da zur Gesamtpolitik der Partei, die vielmehr, in Einschätzung aller Faktoren, aufrufe zur proletarischen Einheit, Zusammenfassung der Kräfte von unten, im Kampf gegen Bourgeoisie, Agenten und Provokation, letztendlich also zu fordern sei Stärkstinitiative, Millionenfront, vorrangig Abwehrkampf Lohnraub, nach außen sie also zwar unauffällig, tatsächlich aber ganz klar nur Kämpfer zu sein hätten voll Selbstbeherrschung und Mut, eiserner Disziplin und Bescheidenheit, mühevoll in den Betrieben und Straßen die Kleinarbeit klug verrichtend, denn die Lage erfordere, schöpferisch neu, Taktik und Strategie, das Kräfteverhältnis im Auge, und in gleichzeitig unversöhnlicher Abrechnung mit den Sektierern das Bündnis der Fortschrittskräfte gewinnend, das Rundschreiben des Parteivorstandes, die Verhandlungen der Bezirksformation, die angeordneten Maßregeln, die Kongresskonferenzen von Delegierten der Einheitsausschüsse, die aktivsten Komiteemitglieder der antifaschistischen Front, die Delegierten und Delegationen des Reichseinheitsausschusses, deutlich mit Vorrang, den Auftaktakt für die antifaschistische Kampfwoche Rettet die Demokratie über Sichtbereich Arbeiterklasse hinaus, sich einzureihen, unablässig, mit Anträgen und Protesten. »Angesichts solcher Aufgabenfülle, Genossen, ist das Vorhandensein linker Strömungen gegen die Massenarbeit der Partei eine ernste Gefahr, das Entstehen von terroristischen Gruppen, die Praxis von Einzelterror, die Durchführung sinnloser Einzelaktionen unerträglich und falsch und überaus schädlich. Jede Duldung und etwa Verfechtung ist vollkommen unzulässig. Wer sich vom Feind das Verhalten diktieren, von seiner Verzweiflungsstimmung sich mitreißen lässt, ist des Namens eines Genossen unwürdig.« Er konnte die Schrift auf dem Handzettel kaum noch erkennen.

Er konnte im Rücken die festgeketteten Hände kaum noch bewegen. Es war dunkel. Er fand sich mit Rigo allein. Die anderen hatten das Zimmer verlassen.

»Komm, Schlosser, trink was, hast Durst.«

Er suchte noch immer die richtige Zahl.

»Das sind mehr, als du denkst.« Rigo bückte sich vorsichtig über den Stuhl, »willst das für alle fertig machen und leiten, aber wer sind die, was wollen wir selbst?«, rieb ihm die Haut an Gesicht und Hals, schlug mit den riesigen Händen den hängenden Kopf sanft hin und her, »was habt ihr vor denen Angst? Vielleicht sogar du vor dir selbst«.

Sie sahen sich an. »Steh mal auf!« Der Stuhl hing nun frei. Rigo versuchte, ihn zu zertreten. Aber »das hängt alles an dir dran. Mach das selbst!«. Das Holz brach über die Kanten, brach ihm beinah die

Hand. Aber »das muss, weil bloß aus Leitung kriegst du nie richtigen Kampf. Aber aus richtigem Kampf kannst du jedes Mal auch mal die Leitung kriegen«.

Unten lag finster die Stadt, glatt und matt, aber auch Schweigen und Schrei. Er war nicht mehr überrascht von der Angst seiner Mörder, war aufgestanden, den Stuhl im Rücken an leeren Händen, das Gitter noch im Gesicht. Konnte aufstehen und Genossen erwarten, die er nicht kannte.

Der Affe hat Recht

Leo Kantfisch will für die Schule lernen, muss aber seine Eltern unterstützen. Der Polizeidienst mit der Chance, von dort aus später doch noch studieren zu können, wird sein Ausweg. Bis er merkt, dass er auf der falschen Seite steht.

Leo Kantfisch war jüngster Sohn eines alten Vaters. Sein älterer Bruder wär jetzt schon siebenunddreißig, hatten den aber im Krieg in Kiel als Meuterwilli* ins Schraubenwasser gestoßen, Schießeisen in seinen Händen. Ella, die Witwe, mit Rita, der kleinen, hatte Weidenallee die Hausmeisterstelle behalten dürfen, Treppenschrubben für Zahnarztkinder, Rente für Kämpfer hast du noch nie. Leo war also mit sechzehn der Onkel von Rita mit acht und der Schülersohn von Opa Friedrich, jetzt schon bald sechzig alt, und freundlich alles und ohne viel Klagen durchgeschuftet die Zeit, und niemals und nirgends ein Schuft gewesen, Buchbinderei gleich am Markt, nie was Eigenes, bloß für den Chef, »dat geit nirgens bunter to as up de Welt«, von der kannte er hauptsächlich Winterhude und paar Plätze bis Hauptbahnhof, und viel Buntes war auch nicht gewesen.

Die Wohnung der drei hatte Schlafzimmer, Küche und Stube, die war aber nur für gut, für Besuch und Geburtstag und damals, wenn Willi sich einig war, und Ella schon ganz hübsch dick, mit Juchei und Aurora. Im Schlafzimmer hing das Brett mit den Büchern, wo Leo sich zwischen reinklemmt und liest, und aufschreibt und abschreibt und lernt und weint und hofft, weil die Schule, das ist was für später.

Am liebsten war ihm die Küche, Eimer mit Kohlen, Küchenschrank, Sofa und Herd, blauweiße Kacheln mit Gänsemarsch bis an die nächste Wand, und Foto von Bebel und Meuterwilli, Schirm ab und Fäuste noch leer, und der Trondheimfjord finster in Öl, und die Mutter schön immer dazwischen rum, »das hat sich gut angefühlt«, bloß wenn er alles mit links malt und schreibt, wird sie fühnsch, »fang das ordentlich an, oder lass!«.

Als eines Tages sein Vater schon mittags nach Haus kommt, gekündigt, erledigt, »die Zeiten sind hart«, »und wünschen wir Ihnen das Beste«, die Stimme krächzend in Angst weggesackt und Scham, da stürzt Leo nachmittags quer übers Holz, Rippenbruch, Schlag auf das Herz. Die Kolonialkameraden*, mens sana in corpore sano, wie schreibt man das, schreib ich mir auf, machen noch paarmal Besuch und Spruch, doch später, als er für Geld für zu Haus, für Kohlen und Essen und Miete und Licht, nach der Schule arbeiten geht, statt springen und singen, Laufbursche Rennbahn in Borstel, Kegel aufstellen in Jarrestraße, Nachhilfestunden am Rothenbaum, Ausliefer-fahrradfahrer für Gummiwaren, da wurde er ihnen fremd, und sie ihm, »das Leben ist nämlich kein Sportplatz, sondern gemein«.

Er band sich oft Stunden noch nach aller Arbeit an seinen Stuhl zwischen Büchern und Elternbett. Er wollte nicht aus der Schule weg, Arbeiterabiturientenschule, Krischan zerrt und zwingt an ihm rum, ohne Fleiß kein Preis und Wissen ist Macht, kommt aber nicht aus dem guten Gesicht, die Macht.

In der Zeitung las er von Aufstiegschancen, Ausbildungswegen, Sonderexamen beim Dienst in der Polizei. Der gekränkte beleidigte Vater fand Kasernen besser als Kommunisten, den Tschako für Ordnung besser als Krischans Bücher, Essen und Trinken besser als andauernd Angst. Krischan Pietsch konnte Leo erklären, warum dieser Standpunkt falsch ist, nur stand hier ja längst niemand mehr im Punkt, sondern »treibt alles, matt, wie verhext!«. Er fand Polizei ganz gut, lernst du Leuten helfen und Ordnung machen und paar Stufen überm Verkehr, Hauptbahnhof, Stephansplatz, Lombardsbrücke, den Autofahrern die Richtung einwinken und Fehler abpfeifen. Und abends, dann doch noch, vielleicht, Abitur.

Pietsch nahm ihn mit zu Sagebiels Saalbetriebe, Protest für Sacco-Vancetti. Der Schlosser wurde, vom Rednerpult weg, gefangen, geprügelt, erkennungsdienstlich behandelt und kam wieder frei. Die Genossen stellten sich hart gegen Ordnungskräfte. Leo wurden die Hände zerschlagen, als er ein Transparent hochhielt, das von der brüchigen Wand hinterm Redner paarmal in Oleander gerutscht war. Er fand Polizei ganz gut, »die wissen ja nicht, wen sie schlagen«, »die sollen nicht wissen, da kannst du mal sehn«. Pietsch nahm ihn zu einem Arzt.

Die Schulzensuren wurden noch schlechter, als sie erwartet hatten.

Er band sich noch einmal im Schlafzimmer fest. Er lief noch einmal ins Moor, diesmal Duvensee, beinah schon Mölln. Da hatten vor zigtausend Jahren mal Rentierjäger gelagert. »Da liegen im Acker noch Waffen und Waffenreste.«

Als Leo zu fürchten begann, dass in Ordnung und Schönheit vorwärtskommen stets hinter Gittermauern verläuft und Erfolg nur seine Sicherheit hat hinter Riegel und Schloss, sprang er noch einmal lachend weg, dreißig Eisenbahnpfennig bis Bergedorf, Landstraßenausfahrt in Richtung Berlin, »in paar Tagen bin ich zurück«, lieber durchhungern, tippeln und ohne Dach, als alles so weiter wie hier, »die sollen ja die Orangs schon fast wie in Freiheit halten, im Zoo, in Berlin«.

Bis Lauenburg lief er durch Feriensonne zu Fuß. Dann, gleich hinter den Brücken, schon Tau im Roggen, Dämmerlicht über den Wollgraswiesen, schon das stechende Meckern der Bekassinen, schon verloren fern unter Düsterwolken eine Frau und ein Mann, wortlos umschlungen, vor den Gitterstecken der Pappeln, kam der Herr im offenen Studebaker, weltreisender Geschäftsmann aus Amsterdam, »hopp in, jong Man!«, und Leo hatte den Wind im Gesicht, den er schick fand, und Reden und Denken von hohen und weiten Dingen bis hin nach Berlin, und lachte und dachte und schrieb in sein Tagebuch in Lesebuchsprache: Dürfte ich doch, ich würde ihm überall folgen!

Aber der Orang-Utan saß schon im Dreck, hing ins Gitter verklammert, nahm finster Apfel und Nuss, blickte im Sprung noch trostlos auf den zeichnenden Leo Kantfisch, Kreuzstabschatten über all sein Papier, über all seine Kunst und Neugier.

Der Wärter des einzeleinsitzenden Oberaffen bückte sich durch eine Tür in der Rückwand des Käfigs, klapperte mit seinem Schlüsselbund, lachte den Roten an, warf ihm die Dienstmütze zu, der zog sie sich auf die Ohren und strolchte sich an die Hand seines Herrn. Beide kamen ans Gitter und sahen auf Leos Bild.

»Warum ist er nicht draußen im Freigehege?«

»Er hat die Besucher mit Steinen geworfen. Am liebsten, wer auf ihn zeigt und ihn anlacht. Und auch sicher gezielt. Einem Förster aus Breslau das Auge weg. Das war wohl die Uniform.«

»Und auf Sie wirft er nicht?«

»Hier im Haus hat er nichts in der Hand. Und durchs enge Gitter hat keinen Zweck, das kann er verstehen. Und hat auch gelernt, der Bandit, dass er niemanden provozieren darf.«

Der alte Affe warf seine Faust wie zum Gruß.

Der Wärter gab lachend dem riesigen Tier einen Stoß mit weichem

Sandalenfuß. Es rollte, zur Kugel verkrümmt, schnalzend bis an den Früchtetrog. Dort hockte es wie im Stuhl, den Kopf zurück, als gelte es, Regentropfen zu schnappen, die Arme hoch drüber in schönem Kreis, und rührte nicht an den Diensthut, dessen Lackschirm ihm beide Augen verdeckte.

»Er möchte wohl lieber im Urwald sein.«

»Was man nicht alles möchte«, sagte der Wärter, den Blick noch immer durchs Gitter auf Leos Skizze vom Affen. Und in Wedding und Kreuzberg stand Polizei gegen Leute mit Hunger und ohne Arbeit, nicht mal Nüsse und Äpfel durchs Gitter für die.

Als Leo wieder zu Haus war, zeichnete er dieses Wärtergesicht hinterm Gitter, ein lachendes junges Gesicht, sich selbst, und den Diensthut auf von der Orpo*.

Sein Vater nahm ihm das weg, »das ist nur wieder zum Provozieren, denk lieber, wo du hier Sicherheit hast«. Aber was heißt provozieren? Wenn sie dich fangen und eingesperrt halten und Geld dabei für sich holen, und du schmeißt nach ihnen mit Steinen.

Der Affe hat recht. Nicht der Wärter, und nicht der Begucker.

Und der Kassierer erst recht nicht.

Aber ich bin ja kein Affe.

Oder was bin ich.

Alles schön neues Zeug auf die nackte Haut, schön Makoarsch, Eisenfuß, Lederkopf, und der Kinnriemen kneift dir den Hals, und der Diensteid schnurrt dir aus Zähnen raus von Pflichten, Gehorsam und Reichsverfassung, die kennt nur noch keiner genau. Drum gleich nach dem Eid erst mal Nachhilfestunde, für ganz kleinen Mann das ganz große Wort von Wahrheit, Treue und Schweigen, von Eigentumsschutz und Berufsfreudigkeit und Zurückhaltung in, »wie meint der denn das?«, der Ausübung unserer Staatsbürgerrechte, schreib ich mir auf, les ich mal nach, erst mal sehn noch mal, glaubt man sonst gar nicht.

Leo stand in der ersten Zeit oft staunend vor spiegelndem Glas, alles an ihm so streng verpackt, so blank gekniffen verbiestert, das kleine Gesicht unter großem Zeug, der Kopf unter tösenden Worten, Staatshoheit und Persönlichkeitswert, entschlusskräftig Handeln und Führungsschicht und Präsentation der Gewalt. Würde und Wissen und Waffengebrauch, außer in Notwehr, niemals auf Kinder. Grenzwert beim vierzehnten Jahr. Jagd frei ab Lehrbetrieb, alles ein bisschen hart und neu, groß und auch zerrend schwer, aber wird er schon alles mal tragen lernen.

Wachtmeister Meier vom Ausbildertrupp mochte die Stillen im Lande. Ihm war der Dienst in den Ordnungskräften, schon seit Weihnachtsgeschichte und Dachlukenkampf, ein bitter anständig einfaches Amt. Und beim Handhaben des Gesetzes aufmerksam mitzuwirken und im Unrechtsfall Strafbares rasch und gerecht zu erforschen, einzufangen und auszumerzen, das war ihm wie Essen und Trinken und Rente, und wollte vom Leben nicht mehr, dieser Mann, von seinem Leben zu schweigen. Leo fiel ihm im Übungsgelände, im Schulungszimmer bald auf, und sprach mit ihm gern in freien Stunden von Vorbild und Frische und Formungswert, von Selbstlosigkeit und Vertrauen, vom Glück im Dienst für das Volk, »und vom Volk sind wir beide, du auch, und eben als Polizei, denn in ihr fasst ja der Staat den Friedens- und Sicherheitswillen des Großen und Ganzen in eins, und niemals, denk daran, Kantfisch, nie! wendet sich das gegens Volk«, und Leo fragt sich: Was sagt er mir das, das hab ich ja gar nicht gesagt.

Aber wandte sich schon gegen Leos Vater. Die Eltern waren am Ende. Für Mietschulden über den Sommer hin sollten die Uhren jetzt weg zur Auktion, der Hauseigentümer wollte sein Recht, nichts sonst, den Zins, die Beute. Leo wusste seit langem Bescheid, hatte Geld gespart und gepumpt, und hörte, als er nach Dienstschluss mal hinlief, durchs Treppenhaus runter den Vater noch kräftig schlagen und schreien. Als er dann aber die Wohnung betrat, stand all das schon ordentlich still, der Vater zitternd gefangen.

»Hier ist das Geld. Gehen Sie raus.«

Der Herr zählte nach, steckte ein und ging.

Der Wachtmeister machte die Hände auf, und der Alte fiel runter ins Sofa wie Sack.

Leo konnte jetzt sehen, wer wen, hätte jetzt ruhig mal klarsehen können, wer da wen schützt und wen schlitzt, bloß warum denn in was für ner Ruhe? Er rannte nur hastig auf und ab, »na, Vater, das hat ja nun grad noch geklappt!«, flink lachend durch sämtliche Gitter, denkt er, hängt aber klammernd schon fest, und die Mutter starrt auf die Handschuhhände und aufs Gamaschenbein, »bist unser braver Sohn«. Der Vater nimmt aber Leos Tschako, stößt sich den drauf. Schiebt sich mit dem die Augen zu, der Sohn soll nicht sehn, wenn der Vater weint, und der Vater will keinen, der lacht.

Vom Dienstplan her hätte Leo die Nacht zu Hause verbringen können, lief aber schon wieder weg, im Kasernenflur meckert kein Kuckuck. Als Hauptbahnhof die Elektrische kommt, schnappt er sich schnell noch Stück Zeitung, Papierkorb, kostet kein Geld, aber trifft ihn noch einmal mitten aufs Herz: Der eine Tote, der kam ihm bekannt vor, der hat mal im Zoo gelacht, Schlüsselbund und Sandalenfuß, den hat er im Zeichenheft drin. Und wieso ist der tot? Lies das mal nach. Die schreiben dirs haarklein auf, die Schweine, und schreiben das einfach so hin:

Die Kletterkünste von Messerstechern, im Wedding wie Tauben vom Dach geholt, im Schutze der Nacht das Apatschentum aus roten Giftmischerbuden, so üben sie Notzucht am Freiheitstraum, die Fledermäuse der Revolution, Zuhälterei, politisch getarnt, zielsicher fegt da die Polizei, Kopfschuss, Licht aus, die Straße frei!

Das war die Regierungszeitung.

Er sah sich den Toten vorsichtig an, die Augen lagen ganz leer, und am rechten Ohr standen Gamaschenstiefel.

Er hatte den Wärter anders gesehen, lustig, und klug, mit Gedanken, und niemals gegen das Volk. Meier schlief aber schon.

Leo, auf Posten beim Lautsprecherwagen

Die Mieter eines heruntergewirtschafteten Hauses besetzen es aus Protest gegen den Eigentümer und feiern ein Fest des Widerstands. Der Polizist Leo soll die Ordnung durchsetzen.

Leo hat noch gut Pfeifen, denkt er, die Jahresprüfung als Bester geschafft, Überfalltrupp, neuer Wagentyp, Alarmhorn zwitschernd, acht Mann im Sitzen, vier Mann im Stehen. Leo am Haltegriff draußen vorn links, fast schon wie bei Mister Studebaker, bloß das Haar mehr in Leder gekniffen, und das Reden nicht hoch und weit, Praktischsein heißt die Parole, hat gute Erfolge gezeitigt, der Flitzer, hat Schlagkraft der Polizei und Eilfertigkeit beträchtlich erhöht, vom Publikum lebhaft begrüßt, Elemente nun rasch zu erfassen. Und das bringt gleich mal endlich auch Tempo ins Bild, denn keiner ist enger dem Staat verknüpft, furchtlos und selbstlos das Große und Ganze, leidenschaftslos die Sache selbst, alles todecht im Innersten treu, zwischen Zeugnis von härtester Pflicht und dem Einsatz von teuerstem Leben, das Sinnbild der Selbstverständlichkeit, denn entschlossen Handeln erstes Gebot, Staatsschicksal hängt nicht von Ansichten ab, aber zuvorderst von Menschen, nicht von Denkweisen, aber von Taten, die Toten zählen wir später.

Zum Beispiel Großneumarkt, die Unruhestifter, wo kommt denn die Unruhe plötzlich her, das war doch bisher alles glatt gelaufen, durch Straßen der Ärmsten paar zig Jahre glatt aus den dreckigen Häusern gestolpert, an die feindliche Arbeit gehustet, aus den Eckkneipen freigeheult, aus den Fenstern geflucht, über Treppen gestürzt, ins Kreuz getreten, zur Kasse gebeten, zur Ordnung, zur Strafe, nett glatt, piffglatt die Ruhe der Treppen, die Ruhe der Fenster und Kneipen und Tränen, der dreckigen Häuser, der hässlichen Ordnung, die Ruhe für lebenslang, lebensglatt Tod, nicht dein Tod, Genosse, pass auf, sie greifen den Häuserblock an.

Der war seit Langem besetzt gewesen, seit vierzig Jahren vieheng besetzt von wütend schleppenden Leuten, besetzt von der Knechtung der Männer, besetzt von der Kränkung der Frauen und Mädchen, besetzt von der Wut der Kinder, von Erniedrigung und Gehorsam, dein Haus, dein Körper, die schön eigne Haut besetzt vom Jucken der Angst, vom Nässen der Heuchelei, von den Beulen der Eintreibebanken, vom Grind der Gerichtsbescheide, von der pilzigen Ordnung des Eigentümers, sein Rattenbiss, und dein Blut. Aber wollten nun nicht länger bluten, nicht länger mehr fremde Besetzung, hielten ihr Haus nun selber besetzt, mit Kindern und Frauen und Fahnen und Steinen, Stück eigene Sonne auf Stück eigener Haut, kein Groschen mehr für so viel Schatten.

Aber nachts war die Sonne dann weg.

»Dann machen wir selber mal Sonne!«

Von draußen her, aus den Feuerleitnestern, den Sperrpostenwinkeln, den Scharfschützenaugen, sah das große dreckige fleckige Haus heute hell, wild hell aus wie Jahrmarkt und Feuersbrunst, Lachen und Krachen und roter Blitz, vom Hafen stieß Wind in die Fensterfahnen, »guck mal, sieht flott aus«, »na, klar, Mensch, mach zu, ohne Essen hast du kein Feiern«, und als Feier war alles gemeint.

Sie hatten gemeinsam die Miete verweigert, sie wollten, dass keiner mehr ausziehen muss, gekündigt, gejagt, geschasst, sie wollten, dass alle zusammenhalten gegen das Schwein, den Herrn, das Gesetz, die Miete steigt hoch und das Haus hier sackt ab, alles nass bis im Schrank, und Dreck, so nicht, und immer mehr Nachbarn krank und versaut, ohne Arbeit oder nur Arbeit wie Knast, platt hingewälzt, »gib dich her!«, so nicht. Sie wollten mal endlich den Scheiß nicht mehr machen, wollten mal endlich zusammen satt essen, wir selbst und Kartoffeln und Hering und Speck, und kein Groschen mehr für diese Kraken.

Das Haus war stampfend und dampfend besetzt wie ein Kaffeetourdampfer nach Stade, über Treppen und Töpfe Lachen und Lieder, Suchen und Rufen und Wiederfinden, »guck mal, was Kuddel schon blau ist!«, »guck mal, was Pudel sich freistellt!«, »lass lieber nach, nimm die Finger da weg, sonst kriegst du von Erwin nachher noch geschimpft«, »wo bleibt der Kartoffelsalat?«, »unterwegs!«.

Was draußen gegen sie längst unterwegs war, fiel keinem einzigen auf. Das Leben war plötzlich mal viel zu schön für so Mörderscheiß, »traun die sich gar nicht«, »weil vereint sind wir stark«, »sagt Schlosser doch auch«, und auch sonst war reichlich Besuch gekommen. Erst mal die Mutter von Rigo, Sophie, die hatte das meiste angeleiert, über Uhrenwege von Opa Friedrich und sonstnochwie hinten und unten rum, »das Haus braucht Verstärkung, los, komm, ja, du auch«. So hatte sie allerhand angeschleppt, auch Klinsch und sein Lieblingskind Pudel, auch Kartoffelsack für all die Fresser, kleine Fahrradkolonne zusammengestellt, nach Tangstedt raus, nachts, kein Mann, alles Frauen, und jede mal kurz zehn Stauden gegrabbelt, »das reicht, das muss, los weg hier!«, und ab, und Kuddel stemmt Tonne Hering ins Haus, direkt vom Ewer, da fährt sein Bruder, oder Bruder ist das von der Frau von sein Schwager, »frag nicht so viel, komm mit rein!«.

Aber liegt noch allerhand quer hier im Haus: nämlich Sophie und Kuddel und Fahrradweiber lachend für Feiern und Essen und Trinken, und Schlosser und noch paar so andere Schlosser für Lernen und Einheitsfrontstraßenzellen, »Genossen, da denkt auch mal drüber nach, wir sollten hier nichts provozieren«, »ja, ist gut, Alter, trink was, hast Durst«. Klar, Rigo war auch mit dabei, und brummt »steh mal auf, bist ja festgebunden!«, und lachen alle, das stimmt nämlich auch, weil Ilona und Kurt, der Bengel von Schlosser, haben den Einheitsfrontredemeister ans Stuhlbein gefesselt, nur so, »wir sind nämlich Indianer!«.

Und die Weißen von Hügel zu Hügel, Treibjagd auf Rot, bei drei bist du tot. Aber leben noch, futtern noch Fisch, sind uneins, »was ist, wenn sie kommen?«, »kommt keiner«, »das ist hier unsers!«,

»aber bloß nimm mal an, was dann?«. Rigo und Kuddel und noch paar von Klinsch wollen kämpfen, »die pusten wir weg«, »da gehn erst mal paar mit von denen übern Jordan, bevor wir hier Mücke machen«, »und die Kinder? Und Frauen?«, »sag ich ja immer«, »besser nach Haus damit«. »Aber seht mal, da liegt doch der Fehler, Genossen«, Schlosser bleibt klar und stur, »die Frauen nach Haus, das wär doch kein Kampf, unser Kampf ist mit allen zusammen. Und keine Gewalt. Unser Kampf hat recht. Unser Kampf ist die Kraft der Massen!«. »Und draußen, die lachen dich tot!«, »draußen, die haben kein Recht, aber Waffen!«, »Massen ist Scheiße, das sind wir doch selbst!«.

Pudel macht sich an Rigo ran, »wer ist Scheiße? Ich auch? Komm, guck mal!«, und wollte für ihn noch mal schnell auf den Tisch, »los, tanzen, Genossen, tanzen!«.

Da hätte Karo was lernen können. Lernt sie auch noch. Bloß das Licht geht aus. Niedertreten das lachende Pack, noch mitten im eigenen Tod, von draußen schlägt Herrschaft kalkweiß durchs Glas auf Wand und Hand und Gesichter, Pudels Beine ganz silbern tot-glatt.

»Der Block ist umstellt. Jeder Ausgang mehrfach besetzt. Verlassen sie unverzüglich das Haus. Einzeln. Die Hände erhoben. Nacheinander. Jeder für sich. Auch die Kinder. Auf Gruppen wird scharf geschossen.«

Leo, auf Posten beim Lautsprecherwagen, starrte in all das gemeine Licht. So knallfallharthell hätt ich gar nicht gedacht, Schönfelderstrahlen*, einsatzbewährt, und hoffentlich, besser, passiert hier jetzt nichts, das Haus hier sieht aus wie bei uns, an Silvester, und mehr auch Kollegen, das meiste, und, flüsternd, »nicht schießen, Ole!«. Aber Ole steht da wie im Schlaf, wie im Traum. Leo huscht lieber mal hin.

Und da kommen sie einzeln raus, geblendet, kein Wort, kein Schuss. Schlosser zuerst, bleibt ruhig stehen. Sie werfen ihn weg in den Kasten. Kuddel genauso, und Klinsch. Sophie lassen sie laufen.

»Flintenweib«, »notfalls mit Ofenzange«, »holst dir sonst leicht was bei weg«, haha.

»Später, du Büttel!«

»Der Nächste!«

Und Ilona weint, und das will sie gar nicht, elf Jahre alt, und hat solche Angst, auch wenn sie den Offizier gar nicht hört, der gegen sie über den Handschuh hin knurrt, »alles Brut, die kommt auch noch dran«.

Da läuft Leo von seinem Posten weg, einfach quer durch zu ihr hin, »komm erst mal mit, hier von weg!«.

Aber Lautsprecher: »Kantfisch! Zurück!«

Und Adelheid eiskalt raus aus dem Torweg: »Finger weg, Schupo, die ist von uns!«

Und Leo schleppen sie rüber zum Leutnant. Und Ilona nach Himmelstraße. Denn da ist kein kluger freundlicher Platz zwischen Mündungsfeuer und Aufschlag.

SPLITTER 3

—

sie haben zu mir gesagt
ich sei ein berg
der nicht weint

sie haben zu dir gesagt
du seist eine höhle
in der nicht gelacht wird

sie lügen
sie werden verlieren
sie haben schon angst

keine grube kein turm mehr sicher
gegen den ausbruch unserer tränen
gegen den aufbruch unseres lachens

—

Schreibabteil eines Fernzugs

Ein Telefonlämpchen leuchtet auf und zeigt an, dass ein Gespräch in der Leitung ist. Das Schreibabteilmädchen nimmt den Hörer ab.

DURCHSAGE ÜBER TELEFONHÖRER UND LAUTSPRECHER *mit starken Störungen, bruchstückhaft* Aktion Friedenskrieg vierhundertzwo – Achtung! Aktion Friedenskrieg vierhundertzwo – Auftrieb gleichbleibend und billig und recht und heilsam –

Erst jetzt fällt dem Schreibabteilmädchen auf, dass die Durchsage nicht nur durch den Telefonhörer, sondern auch durch den Lautsprecher zu hören ist.

DURCHSAGE Punktzeit null vierundfünfzig – er selbst aus der Höhe – Marktpreise heilsam – strahlend die mit den roten Streifen –

Das Mädchen verlässt vorsichtig das Schreibabteil und bleibt im Gang stehen.

DURCHSAGE Angst vormerken – Auftrieb bei gleichbleibender Tendenz – Alternative aufzwingen – kleineres Übel auf Wunsch – Sicherheit gleich Tarnung –

Dann betritt es den Fahrgastraum und bleibt einen Augenblick stehen. Im Abteil herrscht immer noch Friede. Aber man beginnt, der Durchsage zuzuhören.

DURCHSAGE Auftrieb Sicherheit zuerst – Sicherheitsabstand und Schlagbolzenfederlänge überprüfen durch Anschießen –

Das Mädchen durchquert den Fahrgastraum und anschließend die Bar, ohne sich aufzuhalten. Das Barmädchen und Fuchs sehen ihm erstaunt nach.

DURCHSAGE Strahlend die mit den roten Streifen – bedenkenlos Punktzeit null fünf vier –

Im Restaurant stehen der Oberkellner und die beiden Zugstewardessen. Sie hören mit geringem Interesse zu. Das Mädchen geht weiter zur Küche.

DURCHSAGE Entscheidende Wirkung erzielen – hochloben Heerscharen Instrument Truppe zuerst aus der Höhe –

Das Mädchen steckt den Kopf durch die schmale Küchentür. Der Koch hebt nur die Schultern und hört dann weiter der Durchsage zu.

DURCHSAGE Punktzeit keine Experimente – mit allen Mitteln Aktion Punktzeit null vierundfünfzig – Sicherheit gleich Tarnung –

Fahrgastraum

Köhler blinzelt schläfrig vor sich hin. Herr von Aasenstein sitzt vornehm und starr mit geschlossenen Augen. Frau von Aasenstein beugt sich zu ihm.

DURCHSAGE Tarnung gleich Sicherheit – Preise gleichbleibend –

FRAU VON AASENSTEIN Arnulf! Was heißt das: »Halsschlagader anschießen«?

HARTMANN *macht eine heftige Bewegung* Psssst!

DURCHSAGE Angst vormerken – Achtung! Friedenskrieg vierhundertzwo –

Für einige Augenblicke nur Störungen.

FRAU STEINHOFF »Vierhundertzwo« – das sind wir.

HARTMANN Was heißt »wir«?

HUBER Was wollen Sie damit sagen?

Hartmann und Huber lächeln sich verständnisvoll an. Nur keine Panikmache.

STEINHOFF Psssst!

DURCHSAGE Punktzeit null vierundfünfzig –

Das Mädchen läuft eilig vorbei und verschwindet durch die Ausgangstür in Richtung Schreibabteil.

Bar

Fuchs steht unter dem Lautsprecher und horcht hinauf. Als der still bleibt, klopft Fuchs vergnügt gegen das Lautsprecherkästchen und wendet sich zurück zur Bar und klettert wieder auf seinen Hocker.

FUCHS Was haben Sie denn hier plötzlich für eine Welle im Draht? War ja so ziemlich sendereif.

BARMÄDCHEN »Strahlend die mit den roten Streifen« – ist 'ne Zahnpasta.

FUCHS Ich dachte schon Generalstab.

Köhler erscheint und setzt sich auf den Hocker neben Fuchs. Er zeigt auf Fuchs' Whiskyglas.

KÖHLER *zum Barmädchen* Auch so was, bitte. *Zu Fuchs* Was war das eben?

FUCHS Keine Ahnung. Cocteau.

—

Kriege werden gemacht und kalkuliert nach ökonomischem, nach generalem und gelegentlich auch nach sakralem Maßstab. Generalstabskarten kalkulieren 1 zu 50000. Der Eine ist der General.

—

Aber ist Freiheit das Prinzip, Lüge, Verleumdung, Hass und sonstwelche metaphysischen Dummheiten zuzulassen, solange es sich dabei um ein Verteilen in homöopathischen Dosen handelt? Was für ein verdammter Stumpfsinn steckt denn hinter der Annahme, kleine Portionen seien nicht wirksam? Denken in Quantitäten: makroskopisch Unschuld, mikroskopisch Paralyse. Ist das Leichtsinn? Ist das Dummheit? Ist das, pervers, Vergnügen am Tod? Oder ist das ein Trick? Braucht man sie wieder, diese rüden Büttenredner, gegen die Weltgefahr Nr. 1? Dann danke, Freiheit. Keinen einzigen Schuss mit diesen Herren in gleicher Richtung, auch dann nicht, wenn es um *höchste Güter* geht.

—

hamburg ist meine Stadt,

das kann man nachlesen,

und das possessivum, das hat nichts mit eigentum zu tun.

das ist schön.

ich will keins.

das hat mit geschichte zu tun, dies »meine Stadt«. mit familiengeschichte vom vater und vom großvater her. mit arbeitsgeschichte: der ehrliche claaßen-verlag in der parkallee mit meinem ersten buch, der ndr mit vielen dokumentarfilmen von mir. und: hamburg ist meine Stadt auch aus der klassengeschichte, aus der geschichte der kämpfe in dieser Stadt.

klassenkämpfe?

ja.

die laufen heute anders als früher, die heißen heute nicht unmittelbar teddy thälmann, fiete schulz, harry naujoks, bruno tesch und bruno meyer, die heißen heute: hafenstraße, fritz storim. ulla penselin*. allerdings ist das, was heut sich bewegt, über einzelnamen kaum noch besonders zu fassen. das ist gut. auch nicht das organisatorische ist so recht zu durchschauen. anders als früher.

die heute hier sind unberechenbar, neuartig unberechenbar lebendig gegen das ganz alte unrecht der ausbeutung und der massenhaften verblödung. die klassenkämpfe jetzt sind schwer zu fassen, und das ist gut und nicht schlecht.

was hat das mit kamalatta zu tun. ich bin mit meiner arbeit in die zeitgenössischen klassenkämpfe seit je her mitten reingegangen, hab sie aus ihnen entwickelt, ich hab als junger hamburger bürger im faschismus gelernt, was ausbeutung ist, und wem die dient, und wen sie zerstört. ich habe im faschismus gelernt, was massenhaft verblödung ist, und wem sie dient, und wen sie zerstören soll. es ist der gleiche feind, das mächtige, menschenfeindliche interesse, durchaus über 1945 hinaus, bis heute hier.

so kommt es hier heute in dieses zimmer nicht nur zu meiner freude. auch zu meinem erstaunen. für das parteiliche sicheinarbeiten in die härte, die gnadenlosigkeit. die schönheit, auch die freude von menschenwiderstand gegen eigentumsterror. für voraustreibende kommunistenarbeit – und genau das ist kamalatta – gibt es gemeinhin, auch in meinem hamburg, keine blumen, sondern fahndung und knast.

ich denk auch, das ist so in ordnung. nicht in meiner ordnung, aber in herrschender ordnung. das eigentum, auch in meiner stadt, fürchtet sich, denn: die es anders wollen mit dem leben, die den menschen wollen, jeder er selbst als wir selbst, die werden stärker. ich bin jetzt mit kamalatta an 35 plätzen gewesen, zwischen leer und salzburg, auch in fünf knästen. ich weiß, was ich sage: wir werden stärker. und das ist in ordnung so, aber in guter ordnung. schwer durchschaubar.

aber – und das ist erstaunlich – einer von uns kriegt heute hier blumen. nicht knast. blumen 10.000 dm bunt!

das macht mich nicht nur staunen, das macht mich auch munter.

—

es geht kein ausbruch ins offene wasser ohne den strand, den stein, den der fuß packt für den stoß, für die trennung. oder es schwankt dir der boden. dann fällst du nur flach vor dich selbst.

—

die KPD ist eine revolutionäre partei.

zum staunen der umstehenden, zum schrecken der herrschenden und zum nutzen der unterdrückten ist sie sich ihrer historischen aufgabe bewusst und dementsprechend bereit zu handeln.

es heißt, die KPD sei eine illegale partei.

wo heißt es das?

bei den herrschenden.

und warum?

weil, wie in allen alten gesellschaften, auch hier bei uns alles das, was den herrschenden angst macht, verboten wird. wir sollten uns hierüber nicht wundern.

die herrschenden nennen illegal das, was ihre machtpositionen wirksam gefährdet, und legal immer nur das, was ihrer macht dient, was ihnen in die Hand arbeitet.

wir kommunisten tun das nicht.

wir wissen, dass immer nur das legal ist, was die tatsächlichen, die objektiven interessen der arbeitenden menschen voranbringt; und all das wirklich illegal, was die interessen der eigentümer schützen und abstützen will; was den arbeitenden menschen bestiehlt; um sein produkt, also um sich selbst.

wir kommunisten tun das nicht.

wir wissen, unser einziges recht sind zustimmung und zutrauen der massen; unser unrecht die zustimmung und das zutrauen seitens der herrschenden.

so ein wissen hat folgen, für jeden von uns; oder es ist ohne hand und fuß, schaum.

—

Hier haben die Möwen noch nicht viel gesehen. Nur lang und schlapp westberliner Kurgäste mit der unsäglich karierten Mütze samt Wollbuschel oben drauf und an der Hand Frau Muschi und unterm Arsch Ford Capri mit Volksbullenfunk und grünem Tiger auf der Kofferklappe. Schon klar, dass die Möwen schreien. (Ich war mal in Schottland, fern ab von all unserem schrecklichen Glück. Da brüten sie stillvergnügt nah beieinander und schweben und stürzen lachend und total verliebt durch die Sonne und den Sturm, den bzw. die – nicht nur – sie meinen.)

—

wenn sie in ihrem dunst
öffentlich worte gegen uns tappen
springen manchmal schatten
voraus stolpern
aus dem versprecher
verbrecher

in einer vor dem fernsehn
abgeklärten ergebung

durch eine glückliche fügung
zum tode entronnen

wurde zunächst eine verklärung
erlesen von denen

die über großen einfluss
verüben und die

ein lebendiges beispiel sind für
die wirklichkeit ihres nehmens

denn einigung wird nicht
durch einzelne kraftwerke erzwungen

obgleich man gesetze auch
nachträglich noch in kraft treten kann

falls neue umstände
eintrichten

wenn den ratten
der pfiff rausrutscht
beim beten
dann hören wir sie
sich verpfeifen
ans volk

—

:wir sind bereit den ndr so wie er ist zu übernehmen:

(flackerlichtzeichen
tonbildstörung
die bildmischerin der kameramann
heben die hand)

wer ist bereit
sie sind bereit
wir sind nicht bereit
wer wir

sind bereit
uns ihnen
so wie wir sind
zu übergeben

so wie wer ist
so wie wir sind
werden sie uns übernehmen
oder sich

wir bereiten vor
uns
so wie wir sind
selber zu übernehmen

(alarmklingelzeichen
das haus ist umstellt
das hebt schon die zweite hand
sonderkommando innenminister)

:wir sind bereit den ndr so wie er ist zu übernehmen:

WAS ICH
AM ALLERLIEBSTEN
FÜR RICHTIG HALTE

»kamalatta. romantisches fragment« (1988), knüpft an »Das Brot mit der Feile« an und begleitet seine Figuren durch die wilden, von politischen Kämpfen und Anschlägen erschütterten 1970er Jahre. Proff, Fernsehmann des NDR und bis 1968 Mitglied der verbotenen KPD, bekommt den Auftrag, über eine Nato-Tagung in einer ehemaligen SS-Junkerschule in Bad Tölz zu berichten. Er hat Kontakt zu bewaffneten Genossen, informiert sie und plant mit ihnen einen Anschlag. In seinem atemberaubenden Hauptwerk singt Christian Geissler das Hohelied einer Liebe, die angreift. Er erzählt von der Mühe ums Leben, von Genoss*innen und Genießen und wird zum Chronisten eines vielfältigen, auch militanten Widerstands. Die folgenden Auszüge zeigen vor allem Proff, der in einigen Zügen dem Autor ähnelt.

gegen dies weiße auge aus princeton

Proff war 1968 zur Berichterstattung bei den Olympischen Spielen in Mexiko, geriet in Auseinandersetzungen zwischen Indigenen und der Polizei, ergriff Partei und geriet in die Fänge eines CIA-Manns aus Princeton. Er kehrte gebrochen zurück und schöpfte erst nach der Befreiung Andreas Baaders aus der Haft wieder Mut.

proff war im viertel bekannt gewesen als der, der nie mehr was sagt. alles so weit ganz gut klar mit allen, aber der mann ist gediegen. dem haben sie bei der arbeit was angetan. es ging im viertel damals von proff die rede, und war ja auch durch die presse gegangen mit bild und bunt, er habe, als sie *für den olympischen frieden,* in mexiko city, paar hundert kämpfende menschen von der straße wegschießen, zweiter oktober achtundsechzig, weil *the games must go on,* und proff mittenzwischen mit sportauftrag für die dauerblendung in kissen und kneipen, und im bildfeld plötzlich sieht er den aufgetretenen hals eines jungen indianers, runder stiefel leise langbeinig gummi gegen den atem der klasse, da habe er, heißt es im viertel, plötzlich seine beobachterarbeit verlassen, die siebzehn kilo kamera sich von der schulter weg hochgerissen und sie niedergebracht ins genick von pack. bald danach sei er stumm geworden in einer villa der *special forces.* kein blut, kein schuss. ach kein schuss. keins seiner haare gekrümmt. der hausherr im weißen haus aber, hieß es, sei ein psychiatrisch entwickelter mann aus princeton gewesen.

inzwischen ist das vorbei. proff hatte im regen nachts vor dem kiosk heinhoyer reeper wieder sprechen gelernt am fünfzehnten mai neunzehnhundertundsiebzig, früh nachts um drei, die titel der zeitungen hatten von *schusswechsel* und von *befreiung* gesprochen. und auch das war nun längst vorbei, war alles schon weit vor jahren. schon lagen tote, junge frauen und männer, zwischen augsburg und köln und bahrenfeld gegen das pack. schon standen andre verdeckt bewaffnet, hingen zur fahndung, zum freischuss ausgestellt, an postamtstüren und s-bahn-wänden, lagen die ersten, niedergemacht gegen freiheit, nachts in schalldichten zellen, standen andre, seit jahren, im knast gegens weiß, gegen dies weiße auge aus princeton, kämpften.

und eben die weißen augen aus princeton waren jetzt lehrer für lautlos lebenauslöschen, für weichen stiefel im alten haus, in der vormals *ss-junkerschule* bad tölz, jetzt *green berets* für *großraum europa.*

und proff hat noch, denkt er sich, freunde im sender, er springt dort gern gesehen leicht herum, horcht krumm, tut dumm, und als ihn schon draußen der lift wieder wegschluckt, legt sich auf seinen rücken, schatten aus milch, das gelächel von einem politredakteur, blondschopf mit *dienste*kontakten, unser proff ist gescheit, mein lieblingsroter, schon beinah ein toter, jetzt läufts doch!

proff nahm den auftrag an, als kameramann und als autor für dokumentarischen film. er brauchte geld. auch machte ihm spaß das reisen, das leute aufknacken, das sprache und bildsprache finden gegen die herrschaft, jetzt *ss-junkerschule us-special forces,* die phrase *europa,* damals und jetzt die maske der mörder. das thema war heiß. er mochte aber den weg an der grenze, mit dem einen bein im stachelgelände, mit dem andren schön warm zuhaus.

er hatte, fürs wochenende mit frau und kind, bei bauern ein altenteilhäuschen gemietet im herzogtum lauenburg, *sechshundert meter bis zonengrenze,* da darfste nicht gehn, da gehts *ab zu die russen,* sagte der bauer zu felix, aber der lachte sich eins, wusste von juli und proff die wege besser, malt die Rote Armee mit großbuchstaben wie tapp vorhin auch, läuft mit lina ahlers und buhlemanns willi sachte durch acker, durch nassen raps und rotes oktobergeblätter, durch niemandsland, heimlich, nach hallimasch, und im nebel hochdrüber das gänsegeschrei von zachun, gutshofgelände piffpaff, noch immer stumpf alles von oben nach unten, der ganter die gans.

zugegeben, ein heißes gelände, sagte der redakteur zu proff, wir wollen da unbedingt sorgfältig sein. drum hätt ich in tölz gern grad sie. auch will ich nicht den insektenblick diesmal, sondern das auge, genau, das beides kann, schneiden und leiden. sie haben gelitten an denen, proff. sie trauen sich das zu?

gibts schon kontakt?

zu dem da.

proff nahm von ihm eine zeitungsnotiz, ein männergesicht unter weichem barett. lehroffizier, sagte blondschopf, für den grenzüberschreitenden psychodienst gegen terror, ich weiß, proff, sie nennens befreiung, egal mal, ausbildung guatemala im jahre der herren vierundfünfzig, muss so in ihrem alter sein, ursprung aus feinem familienverein, weitem grundbesitz mit privatklinik drauf, schon der vater von seinem vater. und war auch mal lehrer in princeton.

es hätte proff beinahe noch einmal die sprache verschlagen, die rede zerschlagen. so nah der hals, das gelb im handhaar, das auge aus weiß. die mörder so nah. so klar für jeden. so gern vergessen. er hatte sich das uniformfoto mitgeben lassen. damit sie sich darein vertiefen, hatte der blondschopf gespitzt, die sinnliche einfühlung herstellen können ins scheinbar parallele ereignis, das sie, ich kenn sie, längst reizt, am gleichen ort, im gleichen haus damals europas *ss* und heute die *special forces,* beides elitekampfbund gegen rot, die bewaffnung der freien welt, ich weiß, proff, sie nennens die falsche welt.

ach was, knurrte proff verloren, ich nenn es die wirkliche welt, wir müssen das realistisch sehen, die welt der herrschaft aus eigentum, das aber, eingekreist, beinah schon tot ist, weißlich schon riecht. ach das macht uns die herren sehr böse, mein lieber.

das freut mich für sie, schnappte fips.

nein, nein, das freut sie für sie, stach proff ab, denn ich hab im gegenteil angst vor dem bösen. er trollte weg an die tür. kommen sie doch auch mal so vorbei, sierichstraße einhundertneunzehn, alsterpaddeln, da hört keiner zu.

in diesem land, in diesem haus, müssen wir unsere faulheit nicht flüstern, sie toller konspi, lächelte proff.

das reisegeld liegt an der kasse, rief ihm der blondschopf nach. da kam proff noch mal zurück, sah den lockenvogel nah an. hat lederaugen, der dreck. ich will sie von nun an *ledermann* nennen. ich weiß, proff, sie mögens altenglisch lieber.

ich seh gar nicht ihre jacken, mann, ich red vom jean paul, *der komet.* lesen sie das doch mal.

proff schnürte, so nannten die, die ihn kannten, seine schrittegesten in khaki und cord, die schmale kurze bewegung der beine, früher war er mal schwerer gewesen, irgendwas zog ihn längst dünn, ins weite parkplatzgelände der anstalt. sommerfreitags nach drei, das heiße blech der verkleidung. flott mini und vw-cabrio für die frauen der schneideräume, volvo am liebsten für redakteure, fürs höhergesetzte verwaltungsfleisch das leise gummi mit fadenkreuz auf der schnauze, für die ungarnschönheit der alfa, und gleich unterm nebeneingang zwischen küche und kasse, wo sonst keiner stehen darf, der sondergolf für den sondercutter, walter, todkrank, aber genau jeder schnitt.

proff strich weg, fand irgendwo blank knallrot seinen aufgekrempelten 2cv, peitschenantenne und teak an der schaltung, wär gern auch mal teurer gefahren, ds oder lieber noch uralten rover, faltiges leder, rotgolden holz, lehnte sich hin an das warme blech, sah sich das foto vom mörder an, und dachte sich eins, und dachte sich zwei, und als er bei drei war, dachte er gern an juli und felix und sich. er sah auf die uhr. seine beiden waren schon auf und davon, nach schule und öder computervilla, raus aus der stadt, ins dorfteichversteck zachun, mitfahrer, waldgrüner kastenrenault, nina ahlers am steuer, wochenendeinkäufe, dies und das, und in den rücksitzen lina und felix, freunde die kinder und vorn die frauen.

ahlers, der mann mit dem schiefen ohr, dem feinen gehör, macht beim waldrandbaron die waldfacharbeit, alles maschinen wie panzer, ahlers steht auf gewalt noch immer, noch immer am liebsten allein, und baron hast du überall am hals, bloß selten so doof und so nett wie hier, und meistens ist der auf reisen, auf neuntausend hektar wald und see hat ahlers allein das kommando, das wissen in seinen händen, kaum je widerspruch gegen sein können, die wut des angriffs verwunden, gewendet ins dickicht, das sperrt, das starrt, reißhaken oder axt, beim durchzeichnen, für den einschlag später, aufgepasst, nicht zu viel luft, sonst kippt dir, was bleibt, beim nächsten gewitter, kriegst klagen am hals, auch die schlagordnung überwachen, schlechte schlagordnung viele beschädigungen, am besten mit jugoslawengang, die fragen nicht viel, viel wald zuhaus, die schlafen im busch wie die keiler, sind pünktlich gleich morgens am platz, keilen ran, hauptsache kohle stimmt, chef, und auch die geschicklichkeit, macht spaß, balancier mal das anhängermaul am hang genau auf den richtigen winkel, oder gnadenlos *mb-trac*, widerstand kommt dir, dass du ihn brichst, beim altbuchen schlagen, *die kameraden,* die wehren sich wie elefanten, ich krieg euch, ihr uralten tanten, das reifenprofil fetzt den waldboden hoch, der specht schreit auwei, ich bin mal so frei, lacht ahlers mit krummem rücken, wir geben nicht auf. wer wir. ich bin hier king, ins dickicht gewendet, das sperrt, das starrt. von ahlers wird ordnung geschlagen. damit es was bringt. wem was bringt. ach hau mir doch ab mit so kämpfe auf *links,* die wichser, da weiß ich bescheid. alter krach zwischen nina und ihm.

proff mochte ahlers gern leiden. er kannte die dinge der flucht.

juli war lieber mit nina. und felix und lina waren mit allen, ganz klar, am liebsten der waldsee den ganzen tag, und nachts, in den kiefern und buchen fern, im borkig verkrümmten pflaumenbaum nah, der mond, und nina liest vor von indianern, und juli schmeißt apfelpfannkuchen. und einmal, aus lauter indianergeschichten, rot gegen weiß, damals doch schon, *der kampf geht weiter,* hat proff das von jonny und mangas erzählt, den kampf nachts im februar dreiunddreißig hier draußen in eis und schnee, im flintenquieken der pelzledermädchen, der waffenschlitten soll rot nach schwerin gegen die nazibande, die weiße, und jonny und mangas lassen die flintenkisten nicht los. und müssen damit unters waldschattenflackrige eis, und ersticken.

juli war wütend für lina und felix, sie will, dass die schwimmen, der tod soll ihnen nie nah sein, sondern das leben, einfach die liebe. lina und felix springen noch mal aus den betten, die schnorchelausrüstung muss flottgemacht werden, ab morgen ist tieftauchen angesagt, vielleicht sind da unten noch richtige knochen.

proff ließ die laschen reifen quietschen, er wollte bald raus zu seinen leuten, nur eben erst noch das buch über tölz, für die stille da draußen, zum einstudieren, zum vorbereiten der kundschafterfahrt. die scheine saßen schön knisterklar, die kasse hatte tempo gemacht, das fältelte gut in der hemdentasche. die kugelsichere weste, nannte proff das. was juli beknackt fand, so spruch. aber sagte oft lieber nichts. leider.

zuhause, heimhuderstraße, schön edelbude vom onkel notar, sie hausten oben vier dachzimmer satt, lag was im kasten. obgleich, als er losging heut früh, er die post schon rausgeholt hatte. eine kleine nachricht an proff. unterschrift *403*. das war nun schon lange her, das ding mit dem alten peugeot. der, mit dem er das zeichen verabredet hatte, bei telefonanruf den verkauf von einem 403 anzusprechen, larry, der bruder von nina, war schon seit vielen jahren gefangen, im käfig in celle. proff hatte damals, schon bald nach dem vierzehnten mai, als er nicht nur die sprache, auch lieder, *jarama**, auch seine wut sich wieder rangeholt hatte, den familienbriefkasten, obgleich in diesen feineren häusern der stadt die post noch jeden tag hochgelatscht wurde, gleich innen links, noch vor all den treppen, montiert. kann ja sein, dass die anderen leute im haus uns das nachmachen, hat es der briefträger leichter. das sollte für juli und felix so klingen wie nette soziale geste, war für juli aber gleich ding mit verdacht. oft kannte sie proff heimlich besser, als der ihr zutrauen mochte. aber sie wusste von nichts. nur widerdeutlich, das ihm wichtigste macht er allein. sie hätte auch sagen können, das schwein. sie sagte aber, mein mann. den mochte sie gern, auch versteckt. hatte vor ihm aber manchmal wütend die angst, die wir uns, was gar nicht geht, verbieten, die wir uns wegschlagen sollten. was gar nicht geht. und war auch noch gar nichts weggeschlagen, verboten bei proffs. es fühlte sich alles gut an. nun war da, nach reglosen jahren, die nachricht im kasten. wer hatte denn noch den schlüssel? der frau damals mit dem zweitschlüssel war längst in den offenen rücken geschossen. wer noch?

der schlüssel, der lebt, dachte proff.

er hatte noch zeit. die genossen wollten ihn erst nachts um elf. er schnurrte ein stückchen durch fensterwarm abendsonne mit mimi, der dicken, der schwarzweißen katze. er legte sich weg in die badewanne, lauwarm verloren auf löwenbeinen brandrot.

und am ende merkst du dich selber nicht mehr

Proff ist auf dem Weg von Hamburg in sein Zachuner Wochenendhäuschen, zu Juli und seinem Sohn Felix. Seine Gedanken kreisen um seine Zeit als Flakhelfer im 2. Weltkrieg, seine Zeit in der Kommunistischen Partei, um militante Aktionen, um die Situationen der Gefangenen der Roten Armee Fraktion und den geplanten Anschlag in Bad Tölz.

proff schnurrte sein stückchen gedanken und straße und apfelbaumdörfer durch gen zachun, mühlrade hat er schon hinter sich, er fährt die hügel und hirschepiste durch nusse und lankau, aus einer dorfhütte fliegt ihm sein freund, als frühnebelstreifen fliegt *roland* über den weg aus dickicht in dickicht, aus denken ins träumen, aus reden ins schweigen ins eis. dann ein fasanenhahn, tapp. tapp war ihm aus der *kp*-zeit der wichtigste mensch geblieben. und tapp hatte ihm das ding vertraut, irgendwann musst du genau auch mal reden, den kassensturz und das türkische kind, entweder oder, sagt blues. vor reichlich zehn jahren schon war das gewesen. damals kannte noch ahlers, der jetzt im zachuner wald sich wegwühlt, die ersten, die um die ecke weg waren in kämpfe und fahndung, in kiste und knast. und so kannte tapp, der mit ahlers schon immer blutsbruderherz und scheißarme seele gewesen war, die kämpfer, mal hier, mal da, auch.

waren ja erstmal für mich, sagte tapp, so reichlich was bisschen feinere peoples gewesen, und ich also alles mit denen gegen parteiauftrag, und geld braucht doch jeder mal, wo gehobelt wird, wollen wir auch kohle sehen, das war doch schon immer, wo du unten am boden bist, weil nämlich irgendwann musst du mal wissen, wies läuft, vier mann vier ecken, aber siehst du, so kann das kommen, wo war jetzt der vierte mann? der war nämlich ich, und sonst war da keiner, auch wenn ich nur eben den alten fiat hinterher rausjagen soll nach tonndorf, hat gefehlt, unser mann, unser tapp. ja, ich. aber musst du auch alles mal ehrlich bedenken, mein freund, ich schleich da auf punktzeit, alles korrekt getimet, alles gekämmt und fix abgesichert, war abgeredet der griff auf siebzehnuhrfünfzig an kasse *freizeitmarkt* jessenstraße, trödel ich so die ecke *zeiss gaus,* weißt ja bescheid, schön die sonne noch mal übers haar gejuckt, und hoch in die blauen sachen geguckt, sieht ja immer gut aus, so frühlingslüfte, aber denkst du dir so, aber guck dir das an, da sitzt so ein puppi, zwei jahre alt oder was, oben im fenster, und alles schlapp offen, so schrotthäuser für die türken, und alle auf arbeit, die alten, was solls, und unten paar fixe lümmel, so hassan und nazim und alibaba, und wippen vergessenes auto kaputt, und oben die kleine schaukelt den schnuller, zehn meter überm gepflaster, und quiekt, und wo is die mutter, klar ist die alles arbeit bis nachts, und acht minuten bis buffalo, ja siehst du, gedichte immer dabei, und die kernigen warten vor jessenstraße auf pünktlich die fuhre von tapp, und ich frag nochmal blitzartig bei mir nach, ob ich nun männchen bin oder was oder weibchen, und aber egal, proff, mal eben, ich sage dir, alles egal, mensch bleiben erstmal, sonst brauchst du auch keine bewaffnung, und auch keine scheine mehr, gar nichts, also geschenkt die scheine und fiat, ich zitter geschlängelt die treppe hoch, schieb sutsche die tür auf ganz leise, ein glück der türgriff kaputtgedreht, dass lütten mir bloß nicht bange wird, und dann so mit wattefüßchen, mein freund, wie früher mal bei meinem zeisig, als der die freiheit gesucht hat, richtig, die wollen wir alle haben, aber nicht dabei alles so kleine menschen raus aus den fenstern kippen, also ich so wie damals bei butsche, und schieter und butsche und schieter und hansi, bis ich den vogel gegriffen hatte, die lieblingsmaus, und aus der traum, und das fenster fest zu, und für asche haschen bei freizeitmarkt war das nun diesmal zu spät, aber doch nicht für leben, verstehst du, für leben doch nie, ist doch unsers und alles von allen, das haben die freunde auch bisschen gleich später alles ganz gut glatt durchgeschluckt, das sind nämlich welche mit allerhand ahnung, klar mit der knarre, das ist ja das dumme, aber was willst du machen, alles liebe und liberty, das mögen wir alle viel lieber leiden als die kleine kiste von vater staat, oder in celle, wie heißt er mal noch, larry, von nina der bruder, die jungs in den weißen löchern, und die frauen in marliring* und berlin, nee guck das doch einfach mal klar, mein freund. schön ist ja jede menge, bloß richtig schon weniger. ja, ist ärgerlich, aber das muss, aber müssen nicht kinder nebenbei tot, das nie, proff, das nie, du hast da doch selber paar stück von laufen, na siehst du, und haben ja auch hinterher alle genau so gesagt. bloß die eine, die mit den boxeraugen, die hat mir das nicht geglaubt. nicht dass sie sagt, lass das fenster auf, lass das kind, so nicht, die ist doch eine von uns, bloß die hat mir das nicht geglaubt, flucht mir eins, dass ich schiss gehabt hab. mein jesus, wenn ich mir die so anseh, und mich. da hat die doch längst noch nicht hingeschissen, wo tapp schon mal überall krumm war. aber die lächelt bloß frech, sehr schwaches bild, die frau, dickes fell, aber das täuscht.

auch proff hatte seinen verdacht gegen leder. wie war seine eigene haut. eine alte, aus tausend geschichten dünn. die gemeinste geschichte, das kind im faschismus.

als proff paar wochen fünfzehn jahre alt war, war er schon beim militär, männerleben, eisenleben, das leben gegen den menschen. und war er paar wochen im lazarett wandsbek-gartenstadt. und war nach draußen gerannt in nassen novemberschnee, hatte angst gehabt vorm nebenbett, vorm schreien und röcheln ohne augen und zunge, kleines schwein von der *waffen-ss* lag da im sterben, ein armes schwein, wenn du stirbst. und da hatte ihn draußen im grauen nachmittag ein offizier angebrüllt, warum er, proff, ihn nicht grüßt.

fallen sie mal um, sie pflaume.

und proff war in lauter dreck gefallen.

und gleich wieder auf.

und proff war nass wieder aufgesprungen.

und gleich wieder nieder damit, sie schwangere auster. und proff lag wieder im weg. oben nah rasselt die hochbahn, lächelt der leutnant pacholek. da hatte der kleine proff tot getobt still, dass menschen so etwas mit menschen machen, dass menschen von menschen sich sowas machen lassen, und machst das und lässt das machen gegen dein leben, und lebst da und liegst da, dass keiner was merkt, dass keiner dich merkt, und am ende merkst du dich selber nicht mehr, das will proff nie wieder, das will das pack, der mann niederträchtig das klirren aus leder, das niederwerfen, das kinderschinden. in dessen schatten kalt das gelächter der frau, die schweigt, die lügt. nie wieder nie wieder. ach gar keine dicke haut. einmal hatte dieter, der fahrer des senderwagens, auf einer arbeitsreise, tief besoffen zu proff gesagt, also mal ehrlich seh ich das so, wenn ich nur einen einzigen tag genau das tu, von morgens bis nachts, was ich am allerliebsten für richtig halte, dann würd ich am zweiten tag oder abends schon vorher abgehen auf lebenslänglich. sie hatten noch lange geredet, warum wirs nicht tun, das liebste. und es war alles angst gewesen, die lust auf ein langes leben.

proff hatte sich aber die seltsame wendung im reden des alten, dies angeblich falsche deutsch als die wirklich erst treffende sprache, gemerkt, *am allerliebsten für richtig halten.* dieser mann musste verstanden haben, dass unser richtiges ding mit unserer liebe zu tun hat.

aber das ding mit der liebe. in alles leben verliebt, kannst du leicht im gelände versacken, so versoffen mag dich auch pack.

proff hielt unten in mölln am see, eins pissen und auch der mond. der stand weiß und matt, viel zu spät auf die runden beine gekommen, in einem blutroten himmel. und eulenspiegel läutet die glocken. und proff hockt sich müde ins blesshühnertükern, liebt sich in *schwarzen hamburger** weit hin zurück, in dessen schnellen tod, sackt ein ins locken der haubentaucher, ins leise springen der barsche, ins gras vor der bank, gestiftet von cdu-hofmann, dem heiseren dünnhecht in den fischtummelteichen der stadt, auf so eine bank setzt proff sich heut nicht, außerdem ist sie, vielleicht von spd-niko, vielleicht auch von tannenbaumbärbel, vielleicht auch von emo, der fahndungsplakate verbrennt, mit filzstift obszön beschriftet worden, das zeug färbt ab unterm tau. proff hat hier vor jahren, mit fokken, filme gemacht, hatte, sogar vor der kamera, mit niko im heu gelegen, proff lag gern im heu. und fokken hatte, wo war das mal noch, zwei gute ruhige ziegen gefunden, leider nicht bunt sondern weiß.

noch zwanzig minuten bis juli.

wer kommt dort an.

der weg mit karst in der nächsten woche nach tölz würde ihn nie mehr nachhaus zurückführen, nur noch für wochen, dann noch für tage, dann unser tag, der schlag. und dann was. nie wieder zuhaus. wo bin ich selbst.

er hätte von tölz kein wort sagen müssen.

kalt kroch vom wasser ins ufergras dunstiges licht.

schlug aus backsteinfachwerk und turmkupfergrün glockengeheul. was machen wir mit der angst.

ich hätte von tölz kein wort sagen müssen.

was sonst.

von juli und felix und feld und wald und keller und kammer und maus und haus und arbeit und nachbarn und lust und mond und langes leben und weite reisen und juli und felix und juli? das wussten die alles auch so. von den kollegen im ndr, kantine, schneideraum, fahrbereitschaft, bildtrick und redaktion? von julis arbeit, tage und jahre und tage, der pünktliche dreck für essen und wohnen und treues leben und lachen mit felix und allen wie alle? von ninas parteiarbeit gegen das lügen in den betrieben, für die geschassten kollegen? von ronnis und sonnis und speedis und gabis und mannis vergnügter wie listiger wut gegen knäste, ach klar doch für feste! von gelis und siggis und michis und pittis und piffis und biggis und steffis und tommis und heidis und rudis und robbis und uschis arbeit und dibbern und bussefahrten und zetteldrucken und wegeschleichen und toresitzen und steineschmeißen für frieden und gegen raketen? von kälte und siff und lila katzen und werkstattbasteln und ganz neues leben und ganz alte prügel und ganz harte drogen, und ganz zarte liebe für freiheit, und ganz kalten abfuck vom rathaus gegen die freiheit, in den besetzten häusern am hafen? dann hätten sie ganz bestimmt nicht zu ihm die nachricht gebracht.

oder was reden vom mord in den knästen? oder was durchdiskutieren gegen die frömmligen knastbesucher?

oder von früher alles das schwere und schlecht gelöste? oder langsam genau noch mal tapp und brocken*, die beide bei *blohm* die türkenfregatte mitbauen? war also das *das boot*? oder einfach aus liebe und arbeitsabsicht mal einmal genau von marie, ihrer angst, ihrer unerbittlichen mühe ums leben, um unser leben, nicht schlampig, nicht faul und nie leicht? was ist das genau, die mühe ums leben.

du täuschst dich, und so täuschst du mich

Proff bei seiner Frau Juli und Felix in Zachun: Proff ist hin- und hergerissen zwischen seiner Liebe zur Familie und dem Wunsch nach einer militanten Aktion, die ihn von seinem Zuhause trennen würde.

die glucke ist weg, sagte juli zu proff. felix schrie rum, als hätte die blaue riesin ihm seine mutter gefressen. die kommt wieder rein, sagte proff, fest eingeschoben ins küchensofa, konzentriert auf tölz und nazikonsorten, so hennen müssen, grad abends immer, noch mal ne runde pissen.

selbern runder pisser, schrie felix und wetzte mit buhlemanns willi, sie hatten heut nacht gemeinschaftsquartier, schön hackbrot ins bett und die glotze an, aus der küche weg ins nachtnasse gras, jeder mit einer starken lampe, ums haus in den stall.

proff war das erstmal egal. er saß da grad gut in der arbeit, dann mit juli im reden von arbeit, ihrer und seiner. ihre machte juli, seit klar war, dass man bei proff nie weiß, also seit mai neunzehnhundertundsiebzig. die fernseharbeit von proff fand sie oft gut, nur nicht sein dämliches reden danach, plötzlich verächtlich der ton, als gäbs für ihn wichtigeres. immer der riss. einmal hatte juli zu ihm gesagt, das war schon was her, aber er hatte das nicht vergessen und wird das auch nie vergessen haben, du täuschst dich, und so täuschst du mich, du machst deinen bruch, anders als andre männer, eines tages, wenn sie dich fangen, werde ich dich nicht im knast besuchen.

die fangen mich nicht. vorher bring ich mich um.

ja, sagte juli abgestoßen, da wollt ihr hin, selbstvergessen selbstversessen.

proff hatte gestarrt.

da hatte juli von ihm eine hand gepackt, wo wollt ihr denn hin, hier ist es doch schön.

im fratzenleben gibt es kein schönes leben. sie stieß seine hand zurück, aber deins und meins, aber das reicht dir nicht, lieber tot sein als einer wie jeder, ihr seid wirklich bloß ein sehr feines pack, und das kotzt uns so an, und das sag ich dir jetzt noch mal, im knast wirst du für mich null sein, denn längst bevor sie dich greifen, hast du dich von uns getrennt.

auch jetzt hier, nach all den jahren, mitten aus dem gespräch stand proff hastig auf, lief durchs dunkle türloch hinaus in den stall zu den beiden. die hatten die schwere alte leiter schon hoch durch die klappe gedrückt und gezogen und oben im finstern dachbalkenraum an den kamin gestützt, und felix nackt auf den höchsten sprossen wie tarzan vorm sprung an den affenschwengel, bloß nicht so schlapp und so fett, und buhlemanns willi leuchtete hoch durch weben und fledermausstaub, er hatte die stärkere lampe. und felix flüstert, sie sitzt auf dem balkenkreuz hinterm schornstein, und, was liegt denn da ein paket.

proff konnte plötzlich stimme haben wie axt.

ab, felix, zack!

das war die stimme, die felix hasste, auf die er jedesmal später, viel später, schüttelig weinen musste, weil er nie weinen wollte, weil er nie nichts so will, so niedergemacht, so schlechtgemacht. nackt stand er da todstill blassdünn in den sprossen, und buhlemanns willi, der wie sonst niemand in sich drin viel ahnung hatte von menschen, senkte das licht seiner lampe von felix weg auf den mülligen boden.

proff wollte felix die hand geben, damit er sicher zurückklettern kann. hau ab, sagte felix und sprang zum freund. dann standen die beiden still unter proff, der sich oben die henne griff und mit ihr ans nest zurückging. und schluss jetzt und ab ins bett. und das paket.

ach, du spinnst ja, sagte ihm proff.

juli unten hatte proffs schreierei gehört. sie sah jetzt auch die gesichter der drei. sie ging mit den burschen ins bett, legte sich einfach dazu, und las, beim licht einer kerze, was vor aus der dunklen geschichte vom beinah gehenkten *dietegen**, der aber, und zwar egal, wie schwierig, erstmal so glücklich davonkommt. gleich am anfang der sache, der kleine dieb, schon die schlinge hat er am hals, und die försterstochter, die rettet ihn aber, die liebt ihn nämlich: *den will ich!* da dachte felix an lina, das macht die für mich glatt auch. und dachte dann wieder an das paket, oben im schwarzen gebälk. aber er sagte zu juli hierüber nichts. und am nächsten morgen war da gar kein paket. und auch das sagte felix zu niemand. und buhlemanns willi vergaß lieber freundlich das alles.

proff nicht.

er musste nun wieder mal sehn, wo er die knarre versteckt. eine lange geschichte. aber noch sind ja paar wochen zeit. seht euch das an.

als die ersten bewaffnet gefangen wurden vor jahren und jahren, war einer von ihnen proffs freund. die holen wir raus, sagte proff. zu niemand. zu ahlers doch. weil der hatte ne wumme, von klinsch, wegen illegal taxitouren für schmuggel und hehle und nuttenverschieben. ahlers hatte die waffe gleich weggetan, zu pitt, maat auf bugsier 27, da gibts dunkle ecken genug auf dem kasten, und wenn du sie wirklich mal brauchst, der fährt ja nicht weit. pitt hatte den colt auch gleich rausgerückt, und ahlers hatte zu proff bloß gesagt, wenns losgeht, dann krieg ich die wieder, du arsch, aber erstmal geht hier nichts los, die haben nämlich null ahnung, alles halbzwerge ohne gehirn, viel gelesen und sonst nix gewesen, wir wissen, wos langgeht, lütten und ich, und hatte sich lina, noch puppig klein, übers schiefohr auf seinen dürren nacken geworfen, und ohne uns beiden steht ihr im schnee. und war weg. in die wälder. mit nina und rocker, und heinrich, dem dobermann.

und proff stand wirklich im schnee, stand bewaffnet im schnee, und gar kein jack london, der mann, und sein freund noch immer gefangen. wohin also erstmal mit der kanone. zwar war mit letzter kraft der freund aus den knästen raus, kein tag geschenkt, von denen nehmen wir nichts, war aber weg in die flasche, in ödes schlagen und fahneschwenken und lobgedichte auf stalin. krank.

und proff bewaffnet noch immer.

was allein ja noch nicht gesund macht. aber er war allein. warum. so einfach wie unauflöslich die gemeine erfahrung eines widerspruchs. wo er zutrauen fasste, *wir machen das,* die zögerten. wo ihm was zugetraut wurde, *mach das,* da zögerte er. ein vielseitig aufgeschlossener typ, hatte olga schon früh von ihm gehöhnt, aber leider zu nichts entschlossen, den vergessen wir lieber mal. die geschichte geht aber weiter, vergisst uns nicht, von ihr sind wir teil, der bewegt wird entweder oder bewegt. proff wollte lieber bewegen. aber wohin. und mit wem.

einmal hatte er juli aufmunternd skeptisch verspottet, guck mal in deinem zimmer die sachen und bilder und steine, wo die von dir mal ins bild gesetzt sind, da schlagen sie wurzeln, da kriegt jeder standplatz seinen festen schatten im holz. er hatte einen der lieblingsseeigel, schottland, aufgehoben und ihr die dunkelungen im fensterweiß lächelnd gezeigt, schön immer alles an seinem platz, und am liebsten nie eine bewegung.

juli wusste genug von ihrer angst, zu verlieren, auch ohne den tipp von proff. aber sie sagte nicht, also gut, los, komm, wir bewegen uns jetzt, sondern sagte, alles hat seinen platz, und was ruhe findet und wurzeln schlägt, das kann auch mal blühen vielleicht, aus deinen versteckten fliegenden koffern, mal hierhin mal dahin, wird nie etwas gutes kommen, bloß plunder, dein kampftheaterkostüm.

von der waffe wusste juli nichts. aber sie hatte verstanden, dass proff papiere, die er politisch für wichtig hielt, längst in koffern versteckt, bei unbescholtenen leuten verborgen hatte. sie wusste, warum. sie sah das ein. wer gefangene aus der guerilla im knast besucht, ihnen leidenschaftlich verbindung reinschreibt, was soll das aber, warf sie ihm hin, deine leidenschaft lügt, sehr gern rührst du andre, nie dich, wer rumagitiert gegen knästefolter, ist das dein knast, schwatzen und schreiben, der musste mit haussuchung rechnen, dem stellten sie sich in den schatten, und was sollten die bullen, sie überschätzen dich, proff, das macht dich dir wichtig, ihm abschleppen dürfen, was seins ist und was er vielleicht für seine arbeit schon bald wieder braucht. also die koffertransporte okay. aber juli sagte, die kofferarie, und dass er in heldenopern das ganz hohe c anpeilt, und dass er dazu von ihr auch noch den applaus kriegen will oder gar, nach oben geflüstert, das helfende wort. das wollte sie nicht. dass wir alles zusammen entdecken, klarkriegen, machen, das ja. aber es war fast alles schon, bestens oder idiotisch, passiert und entschieden, wenn juli von was erfuhr, egal ob die knarre oder der koffer. so nicht.

na schön, dachte proff, wer gar nichts macht in politischen sachen, der kann politisch auch gar keine fehler machen, ich leider wohl, und jetzt also muss hier die knarre mal weg.

er schlönzte bewaffnet die grenze entlang durch abgeblühten raps an den see zur bude von nina und ahlers, der colt lag im korb unter champignons, die wuchsen in atzens schwarzbunter weide wie butterblumen und klee, ruckzuck war das körbchen zivil.

und klar kommt die grenzschutzstreife vorbei, schrittempo landrover blondgeschoren, na, was gefunden? man kannte sich längst, wo proff kommt, da kommt er gut an, und hält den korb an die *heckler & koch,* der da, den würd ich mal lieber nicht nehmen, sagte stoffel, der jüngre der beiden, und fischte aus lauter schampis den knolli, und lachte blank, ein bauernsohn aus der nachbarschaft, neunzig kilo gegen *die russen.*

o gut, lachte proff und strich ab.

nur zweierlei traum war schamlos genug

Proff bleibt unentschlossen, zerrissen zwischen zwei Träumen, die sich mit Macht ins Bewusstsein drängen: sterben oder aufgehen im bewaffneten Kollektiv, in der Liebe zum Leben, dem Angriff.

vor der wand flatternd proffs versuche, sich zu verstecken, sich unberührbar, unerreichbar zu vertuschen, nie mehr zu antworten niemand. er warf sich quer durch die stadt zu tapp in die kammer, wollte dort auf dem fußboden schlafen, aber tapp gab ihm störrisch ins küchensofa vier große riechende kissen, denn so einer bist du, warm wasser und weiche federn, den spruch immer flott voraus, bloß vorn hast du immer bloß angst, jetzt mach das mal klar, spring selber, mein freund, oder hock, geht beides, bloß entweder oder, auf einmal das macht dich verrückt, und lass mal die frau nicht allein, die ist gut, das ist deine feigheit, wenn du die schimpfst, guck, wie die gut mit dir trauen will. jetzt lach mal, idiot.

proff flattert gelächter.

proff hatte zeit seines lebens, schon die lehrer hatten den bänglichen frechdachs für einen guten menschen gehalten, überall leicht gern abgestaubt, er mochte, dacht er, das leben, die menschen, und dachte so einfach, ihn mag das, ihn mögen die auch. nie war es ihm also schwer, den nächsten und auch noch den drittübernächsten um hilfe zu bitten, um geld, um bett, um schutz, viel männerverschämung um schwachheitssachen kam ihm in nöten nicht bei. so galt er bei vielen als zutraulich stark, als hätt er im unsinn der welt ein freies stück land zur bewohnung. eh, wohnungen, alter, wo bist du?

er war in freundeskreisen bekannt für das aufspüren und benisten zauberischer quartiere, manche sagten belisten, ein kuckuck sei er, so flink und so faul. proff lachte rot im flug und stieß über acker und halm grau davon.

er hatte schon mal, schon beinah im bischofsauftrag, man mag sowas kaum noch für möglich halten, im lieblingsnest von einem messweingroßhändler gemütlich gehaust für fast lau, der lebte zwar tags in harten geschäften, nachts in viel härteren ängsten aber, in frommer wut unter biblischen blättern, kabbalischen rätselbüchern, die fragte er klagend nach kindern, nach endlich dem erben fürs fass, er tobte mit all seinen geldern auf lauter sandigen feldern, bis endlich sehnsüchtig schlich er in wäldern fürs wildern, reblausig würzburgerei, dort hatte er glück, am geschlängelten fluss, im apfelbaumstübchen die winzertochter hildburga wollte für ihn alles tragen, das bischofsfluchen, das ablasssuchen, den kleinen fassrunden sohn, biblisch verschwiegen das kebsweib des herrn. dem wär es von schoß zu schoß, wies aus den alten glaubensbüchern dem frommen mann aufmunternd zugesagt war, von bilha zu rahel, von silpa zu lea, lieber gewesen, aber so fromm waren die frauen ihm nicht, da baute er für hildburga ein haus, umbüschelt von einer niedlichen schleife des mains, und gleich eine zweite wohnung ins häuschen für proff und seinen familienverein, der hatte kaum geld damals noch, was solls, jetzt hatte er apfel und angel vorm fenster, und alles schön billig, cum spiritu tuo, er war ja derzeit gern bei herren zuhaus, ganz oben und lieb auch hier unten, denn das war vom bischof der wunsch gewesen, der anspruch gegen das flüstern und lüstern, es soll dort ins haus zu der stillen mutter ein fromm geordneter mensch, ein butler gegen das buhlen, für hilda ein helfer im täglichen beten, gegen das nächtliche flöten und nöten, proff lernt das kreuzlein schlagen, gesonnt im weinbergbalkon hat er die ersten pläne für film, hässliche bilder der weißen, der engelsgewalten, keiner kauft sie ihm ab, seine frau war darin geduldig, für alles hilfreich, nur nie für sich, lief sie nach arbeit ums geld für sie alle, auch von ihr war proff gern versorgt, ein gemütlicher platz fürs verstecken, fürs tolle entdecken, warm zugedeckt, fürs aufsässige behagen.

inzwischen war längst dies nestchen zerstoßen, planiert, radiert für hochstraßensockel, leitplanken, spurrillen, ödes getummel, abgasgetöse, totenrummel, egal wohin, hauptsache scheiße bewegt sich. proff war vorher schon unruhig weitergeflogen. er hatte kein glück, nur sucht ers und fand ers und floh.

bald hatte er geld aus den sendern, ihm kamen aus seiner furcht scharfe fragen, die stachen das fleisch in den sesseln, na versuchen wirs mal, na wie siehts denn aus, na sehn sie, herr proff, jetzt läufts doch. und proff wohnte wohnung im burgturm ob bozen, im bahnwärterhäuschen vor unterlüß, im blockhaus bei rosenduft, birnbaumbiegen, moorweide, gleich hinterm dammtorbahnhof, leise lockend das klirren von zügen, grad hat er verlassen die, die ihn lieben, tat kühn. wir können, krähte er scharf, für wichtigen anlass stets alles verlassen, wo ich bleib, bin ich nicht, wo ich bin, bleib ich nicht.

jetzt freilich lag er nieder bei tapp. jetzt plötzlich war ihm zu kalt der frost aus der wirklichkeit seines redens. er lag da ächzend erstaunt.

und hatte so gern geguckt und gehämt. am besten geht das in altona, das rasseln und pfeifen und laden und schieben, das winken und weinen und kofferhinken, das gackern und flattern an großen taschen, die bahnhofsmission bietet freie flaschen mit freien gefühlen aus freien bananen den untertanen aus kötschenbroda, und kaffeesaft ist für die sowieso da, der abschied fällt schwer, der kopf ist ganz leer vom glotzen und kotzen und *zone*motzen, schnell noch bis büchen ne *bild* und ne *bunte.* ihr ahnt ja nicht, was das heißt im leben, all diese freiheiten aufzugeben, bloß dass sie bei uns keine punker dulden und auch nicht dies hetzen gegen den staat, das ist akkurat, na tschüsschen, mein kind, und sag auch noch arnold noch mal viele grüße, ich wünsch dir, er kommt wieder bald auf die füße, und tu ihn nicht wegen der enten zanken, arbeitslos schleichen leicht schlechte gedanken, alles ein elend und alles ein wanken, wir hatten das alles ja schon einmal, alles qual, bis dann die führung mit eisernem besen, na schwamm drüber, das ist vorbei und gewesen, und wenns hier zu schlimm wird, kommt ihr zu uns, habt wieder arbeit und nicht diesen stunz, und alles ist klar. das ist wirklich wahr. die türen schließen. die reichsbahn rollt an. schön qualm aus baku, flott diesel mit mütze, verstopfte toiletten und klebrige sitze. grüß lothar, grüß dörchen!

laut schreit ein hund.

der mann neben proff spitzt die öhrchen. sie hatten sich eben erst kennengelernt, autoverladung nach avignon, da fahren die besseren menschen davon, staatsanwalt, dichter und gynäkologe, pastor mit angel aus wangerooge, sondersaab mit haifischmaul, schön dunkelgrün auch ein ganz alter gaul, kompressormercedes zum liebhaberpreis, proff und dem dicken wirds angenehm heiß, früher die führung hatte so dinger, wir saßen im bus und auch sonst im geschlinger, na schwamm drüber, hoffentlich kommt er heil an, feines fahrzeug für den, ders bezahlen kann. sie staunten dem zug nach. da heulte der hund.

proffs nachbar fand sich im spreizohr erschüttert, wo kommt das her, das klingt ja wie folter, das darf doch nicht, kommen sie, suchen wir, er griff an die jacke aus tarbert on harris. sie fanden das tier tief eingehöhlt im provisorischen kofferdepot, hoch überpackt von reisegepäck, aus kisten und kasten käfiggeschrei.

lasst mir den frei, leute, helft, der hat durst.

den packern war aber der dicke egal, auch der hund. nun wurde alles sehr rasch sehr schrill. es war, als hätte der runde passant sich die klagestimme des hundes geliehen, heulend trampelt er kreise, kläfft er die bahnpacker an, maunzt er nach tierschutz, blafft er an eilige reisende hin, eine nonne aus trier schreit angefasst, ein oberst aus bonn geht rückwärts. der hundsfreund zittert gewidert. endlich steht er matt ausgetobt in der fremde. die bahnproleten mögen ihn nicht, haben ihn eingekreist, haben hier arbeit und kein theater, denn der hund, der hat heimweh und sonst hat der gar nichts, das hättest du auch so im knast auf der reise, und wahrscheinlich beißt er mich, wenn ich ihn aufmach, und ist mir auch gar nicht gesetzlich erlaubt.

ach erlaubt ach gesetz, schreit der tierfreund enthemmt, das ist doch ne menschlichkeit für son tier, das mindeste, was wir uns ausbitten dürfen, auch wegen freiheitsberaubung schon mal.

und mitten aus unsinn kommt nun die freude.

dem jüngsten packer reißt es die magere lange hand an die jacke, als wär da was zugeschnürt, an den uniformkragenhals, als wär da was eng, ach wer hat uns so festgebunden, mein sohn, und schlenkert sich nah an den dicken, und bölkt ins fettige ohrloch, was schreist du hier rum, alter sack, glotzt jeden abend im fernsehn, und was siehst du da, schreist du da auch. hau ab.

wieder so drei sekunden, in denen proff denkt, er ist zuhaus. und bewahrt das auf, und ehrt diesen burschen, und merkt sich namen und anschrift von dem, von sönke, dem bahnamtsanwärter.

eines morgens, felix singt frühstunde chor, juli hängt längst in computertexten, proff muss erst mittags am drehort sein, rollt mimi, die katze, sich aus der wohnungstür, im grünlichen treppenhaus sucht sie die liebe. proff, aus abwasch und bettenmachen, ach alles wohnen ist eitel, ist eng, ach freieres leben, ach weiteres suchen, proff hastet der trostlosen mimi nach. da haucht ihm zugluft die wohnungstür zu. der schlüssel steckt innen. und innen plötzlich in proff dreht schreck, die bewegung offen der angst, flatternd proff vor der wand. und obgleich der mensch sowas mit ruhe betrachten könnte, und obgleich erstmal mimi gestoppt werden sollte, und obgleich die nachbarn lisa und paul ins biodynamische frühstücksei grad eben die langsamen blicke senken, und die hätten für proff bestimmt auch noch eins, und obgleich die schlüsselzentrale nur zweihundert schritte weit weg ist, und obgleich man mit einem taschenmesser den inneren schlüssel so drehen kann, dass er aufgibt und rausfällt, und obgleich es ein schöner morgen ist, der totale leichtgrüne maikäfermorgen, obgleich also gar kein anlass für panik besteht, ist proff zumute, als sei er verloren, vertan, verwiesen, verwaist, wenn er nicht, jetzt sofort, er, ich, das nicht mit mir, wenn er nicht allsogleich wieder zurückkommt, nachhaus, sprengend den kopf durch die wand, die öffnung, das weite suchend, aber bitte nach innen, nach innen.

vor der tür ist ein kleines anlaufterrain. proff greift an. da ist ihm kein platz zu klein. beinah bricht ihm der fuß. noch mal. proff greift an. das ist ihm die heimkehr wert, er hat beide füße zugleich geworfen, er fällt geschickt, so leicht ist er nicht zu schaffen hier vor der eigenen tür. er springt auf. er greift an. er knallt anderthalb zentner herz ans holz, türschrauben sausen wie kleine geschosse drinnen ins bücherregal, proff kommt an, kommt nachhaus, aller verschluss ist aus der verfassung geraten. schön wärs.

abends sagte juli zu ihm, schön wärs. wir kennen dich aber als einen, der weg will, der angeblich immer das weite sucht. erzähl doch mal einfach, was denn nun wirklich, dann wären wir vielleicht alle froh. proff küsste ihr wie vertraut die hand, heimelte leicht, so ist das, siehst du, mit kennen und suchen, und rieb sich die schulter mit salbensaft gegen schmerzhafte weichteilerkrankung und chronische überlastung. und juli war also wieder die dumme, die stumme, das hatte proff gern gut raus. denn das war ja wahr, er hatte am liebsten draußen gelebt, weit draußen, tief dickicht, des baumes raunendes auge aus schoß. und aber nah ums eck berstend die küste, die freiheit der klippen, traumschwarz.

ihn erreichten morgens, an der schwelle des erwachens, vor den stufen des tages, unterm thron der pläne, fast nie die bilder, der aufstand der träume, der freie tumult im reisesalon am bunten ballon, von sausenden seilen gesichert, über alles hin aufgehoben, zerstoben, die kraft des orkans, der rotpunkt im bleiernen blau, *der fliegende robert,* verdreht, so tat er sich sich verbieten, wie siehst du denn aus, wo kommst du denn her, wo hast du dich wieder mal rumgetrieben, so kommst du mir nicht vor die augen, so lass ich dich nicht nach draußen, was sollen von dir denn die leute denken. wer hatte ihm das gesagt.

nur zweierlei traum war schamlos genug, mächtig über die schwelle zu treten, bestimmt das horn zu blasen, den horror, die heimat, da hielten die mauern nicht stand, barsten die hände auf dem gesicht, funkelten dunkelten die gesichte, tunnel und turm. in kellergärten, gekachelt, von echo durchlacht, die höhle als hölle, die vollstreckung des urteils, proff wird zu tode gebracht, bestraft, gelöscht, es ist von ihm kein wort mehr gefragt. das gestammel der staunenden angst. nackt das erwachen nass am morgen, enthautet. da manches mal hatte er julis hand genommen, sie unter sein ohr gelegt, in schultergruben, ach grubenlachen aus schweiß, also steht mir das wasser schon bis an den hals? entweder will ich ersaufen, oder will schwimmen. wir kennen dich jedenfalls wasserscheu, sagte juli und küsste die kälte, lächelnd.

der andre traum, der durchkam, war warm von freude. proff war mit gefahndeten freunden zusammen, köstlich ein wintermorgen, kein schnee, licht rot und blau im dampfenden reif leicht weit die zurückgelassenen dächer, der gruppe lachen, spielen, klettern und schaukeln und balancieren, rätseln, suchen und finden in der durchsichtigen gerüstformation eines turms, hoch unfertig neu, alle zimmer zu anderen zimmern frei, alle treppen riskant, noch keine tür, und an den schönsten plätzen, in der geflochtenen spitze aus messern und moos, im riesigen roten bad, oder weit ausgefahren auf einem ragenden träger, über dem fluss der stadt, unter keinen wolken, gespräche der freunde, das planen des angriffs, die liebe zum leben, wir.

beim erwachen schlug ihm die helle der wände die augen ins weiß. da stand er rasch auf, sagte zu juli nichts.

SPLITTER 4

—

meingott die liebe
ein einziger kannibalismus

da möchte ich ein stein sein
dass niemand drauf kommt
er könne sich an mir sättigen

—

Man war unterwegs gewesen, *aus grauer Städte Mauern, Schneefelder blinken, Lande versinken, doch es geht auch ohne Sonne, und lachen am Tod vorbei.** Man nannte das damals Freude und meinte Kraft. Ein paar Eingeweihte nannten es Steigerung der Nutzleistung, und wozu es nützen sollte, wussten auch nur die wenigen. Doch die waren nicht auf dem Schiff, der Vater war auf dem Schiff und der Junge, auf den er stolz sein wollte, wie er sollte. Möwen, Meer, oben die Sonne, am (weißen) Schornstein das Sonnenrad (rot), und im Schornstein (schwarzer) Rauch. Der Junge stand mit anderen Kindern backbord in Luv, und der Wind trieb feingesprüht Salzwasser in die kleinen blanken Gesichter.

Plötzlich schreit einer, schreit dafür, dass es ein Kind ist, mit ungeheuerlich geilem Vergnügen: »Da! Da! Da ist einer abgesoffen!«

Ein gestrandetes Kohlenschiff auf einer Sandbank; ein roter rostiger Schornstein und ein Mast, niedrig über dem Wasser.

Lachen, Rufen, Juchhei über so viel anschauliche Vernichtung. Alles freut sich und drängt, ein Junge schreit. Er hatte bisher noch nie Angst, darum schreit er jetzt, rennt über das leere Deck, findet seinen Vater und will sich bei dem in der Jacke verkriechen, mit sieben wagt man das noch. Aber der Vater nimmt den Kopf des Jungen: »Sieh mich an!«

Der Junge hat Angst, aber den Vater kann man ja ansehen.

»Du hast Angst, Bengel? Ich werde dir!«

Das Rückgrat brechen? Das war nicht die Absicht gewesen, aber so etwas kommt vor.

Der Vater hatte den schreienden Jungen an die Reling getragen.

»Sieh dir das an, die andern lachen, lach auch!«

…

»Augen auf, hörst du?!«

…

»Und ich sage dir, mach die Augen auf, Junge, oder …!«

Der Junge hatte das geborstene Schiff gesehen, ohne zu zittern, und der Vater hatte den Jungen noch höher gehoben, ohne zu zittern, den Jungen so hart wie Kruppstahl.

Über dem Park lag der samtene Glanz, den es nur im Vorfrühling manchmal gibt, zartblau, silbern, duftig wie Schimmel. Bald, zwei Monate noch, kaum mehr, dann war schon Mai. Am Anfang der Feiertag, den keiner begreift, und in der Mitte der Maibaum, den erst recht nicht.

Man sagt das so leicht.

Aber der Junge hatte dem Vater versprochen, nach oben zu klettern und ein Taschenmesser zu greifen. Das war eine Sitte damals: oben am Kranz des Maibaumes hingen begehrenswerte Kleinigkeiten, unten standen die Jungen in Uniform, der Maibaum selbst war glatt wie ein Schiffsmast.

Aber der Junge hatte dem Vater versprochen, nach oben zu klettern, diesmal bestimmt, und was man dem Vater verspricht, das verspricht man im Grunde sich selbst.

Der Junge, der das versprochen hatte, blieb dann ein Stückchen über dem Pfeifen, dem Ansporn, dem johlenden Spott derer, die unten standen, an der glatten Stange zwei Meter hoch hängen, rutschte zurück, rutschte in den lachenden Zuschauerhaufen zurück, und das Messer hing hoch hoch droben unter der Sonne. Alle Blicke waren damals lachend nach oben zur Sonne gerichtet.

Und schwören am Sonnenaltare, Deutsche zu sein …

Alle hatten sie an diesem Tage Uniformen auf dem Leib, die Kleinen wie die Großen, Vater auch und auch der Junge; und auch der, der kurze Zeit später, geschickt wie ein Äffchen, den Maibaum hinaufglitt und das Messer erreichte. Das hatte der Junge gesehen und war mit dem Vater gegangen. Nun, wo er das Messer nicht hatte greifen können, wagte er es nicht mehr, nach der Hand des Vaters zu greifen, und der Vater hatte dem Jungen auch nicht geholfen, sondern geredet, niemand wusste, für wen: »Der kleine Kerl war in Ordnung, das hat man gesehen, flink und geübt, *flink wie ein Windhund*, und hat auch nur zwei Arme und zwei Beine, aber Mut hat er, Mut und Willen, einen eisernen kleinen Willen!«

Der Vater war stehengeblieben:

»Und du?«

Sein Blick war an dem Jungen heruntergeglitten und war kaum mitleidiger gewesen als der Blick eines Bauern, der ein missratenes Ferkel betrachtet. Der Junge hatte den Blick verstanden, und für den Bruchteil einer Sekunde war er mutig genug, einen eigenen, einen winzigen eigenen Gedanken zu denken: Verdammter, verrückter Hund! Ein scheußliches Wort, Hass, Mordhass; aber so etwas denkt sich wie eine Erleichterung, bis man den Rest spürt, den man nicht loswird. Es bleibt eine Spur, die keiner verschütten kann, der nachzugehen der größte Schreck einen nicht hindert.

—

könnte ich froh sein

so fremd auf der reise
zu fremden hab ich
aus liebe ein kleid
mir geschnitten aus wut
einen namen geschrieben aus
wissen ein boot
gehämmert aus angst
eine maske geklebt
aus worten ein haus
mir gebaut

für wen

werde ich tanzen
wer wird mich rufen
woher kommt wind
in mein segel
aus welchem stichwort
fällt meine rolle
wohin
trete ich vor die tür
werde ich vor türen
getreten

könnte ich tot sein

—

Damals saß Honken auf Deinem Küchensofa. Acht Jahre ist das nun her. Er hatte von Dir das Modell gewollt für einen Brief an den Bundesgrenzschutz. Er hatte damals brav ausgelernt das Autoschrauben, einschließlich Sonderdesign, die kühne Lackierung, kein Atemschutz, sein freier Sprung durch alle Gefahren, so sind wir. So war er nun arbeitslos, hatte sich in seiner Wartekammer, in den Verblödungen seiner Heimat, unterm Schatten der Faust seines Vaters längst das Ohrlappeninnere blutig gekratzt, sich längst im Frevel der Ohnmacht, in der Endlosschleife der herrschenden Lügenbilder alle heftige Hoffnung runtergewichst. Er wollte, hatte er aber zu Dir gesagt, dorthin, wo einer gebraucht wird. Ihr beiden hattet lange geredet. Wer braucht wen für was. Wer lässt sich rufen von wem an welche Waffe. Wer sagt das Ziel, wer zielt. Wer befiehlt. Wer gehorcht.

Du hattest von Interessen geredet. Da hatte Honken dicke Ohren. Mal Schluss mit Gelaber, ich will hier raus, egal was, weil ich kein Schlappmann bin, nämlich die Ordnung, und nichts da Rollstuhl mit Hose nass, wir sind von der schnellen Truppe, die Jagd. Du bist nicht der Jäger, du bist der Jagdhund. Der Kampfhund, hatte Honken gelacht aus großen Zähnen. Wir haben ihm seinen Brief an das BGS-Kommando aufgesetzt. Es war bei dem Jungen ein Interesse aus Angst, aus der Angst, verlorenzugehen. Da war ihm die Beobachtung eines anderen Interesses nicht möglich. Wir haben das zu achten, um es zu überwinden. Ich habe Vertrauen zu Menschen, die gebraucht sein wollen. So wird er missbrauchbar, hast Du gesagt. Das stimmt. Missbrauchbar, brauchbar, unbrauchbar. Bis zuletzt bleiben wir gefährlich. Ich denke mir aber, Wandas Gerücht könnte stimmen. In seinen Hundsdienst, ins Dunkel des Kopfes, ins dicke Ohr, hast Du ihm einen Signalton gesetzt, hast Du ihm Glühfäden eingezogen, die leuchten im Entweder-Oder auf. Ob er das will oder nicht, es schrillt ihm was winzig, was keiner hört, nur er, es funkt ihm, unnennbar fein, der Funke zwo zwo drei drei. Und also steht da im Tötungsauftrag, in Hinrichtungsfrechheiten ein Mann plötzlich still, findet sich erstaunt, gestoppt, gewiss. Wenn es gegen den Menschen geht, gegen die Freude, die kämpft, gegen das Leben, gegen einen wie Dich, compañero, denkt Honken unwägbar verändert. Es denkt. Es erinnert sich. Es erinnert Dich. Und Du bist plötzlich er selbst. Allein. Ganz bestimmt. Du bist ihm unvergesslich geworden über all euren armen Küchentisch hin. Denk mal, was, wenn es denn stimmt, Wanda da wirklich flüstert: Aus Deiner Hütte kommt einer, der in Bad Kleinen, gegen die herrschenden Mörder, sein wachsames Wissen richtet, unbeherrscht. Das ist ein schöner Gedanke.

Drum auch jetzt, zieh Du Dich nicht aus den Augen der Kinder. Liebe hat keinen Sinn. Aus dem ist sie unverlierbar.

—

Nach meiner Erfahrung geht Widerstand, den sie fürchten, immer da los, wo ich das eigene Ding such, mit andern zusammen, und es auch mach.

Und das Eigene ist was sehr Umfängliches, nach meiner Erfahrung, nichts einmalig Spezielles. Sondern mich im umfassenden Zerstörungsprozess jeden Tag genau gegen Zerstörung verhalten. – Klar, manchmal plötzlich gibt's in meinem Kopf, in meinem Herz, nur noch eins, nur noch das Wichtigste, das einfache JETZT, HEUTE NOCH. Aber ich habe gelernt, dieser zugespitzten Bewegung in mir zu misstrauen. Ich habe bei mir - und ich sage ausdrücklich: bei *mir* – darin Absprungs- und Flucht- und Rechtfertigungstendenzen entdeckt, denen ich verdammt nochmal nicht nachgeben will.

Ich will mich wirklich hindern, das Einzige zu tun, wenn ich doch tatsächlich *alles* meine.

—

du willst doch dein leben, na also, das klassenleben, sagt tapp, auch wenn, ich kenn in portugal einen, neulich, der sagt immer bloß, dass klassenkampf und der stolz auf genossen, das klingt ihm alles bloß alt, aber hör mal, wir sind ja auch alt, und immer noch ältester kampf mit kopfhoch und herz in der sonne, ja siehst du, da lachst du mal bisschen ganz schimmerig leise, da hast du auch recht …

—

wir kennen jene wichtige arbeit des francisco goya. einer – ja. ein mann. – liegt hingeworfen; niedergeschlagen unter die eigenen arme. in seinem rücken erheben sich gestalten des grauens. ungetierschatten.

goyas titel für diese arbeit ist bedeutend zweideutig.

el sueño de la razon produce monstruos.

das eindeutig deutsch zu fassen, geht nicht.

el sueño, das ist im spanischen nicht nur der schlaf, es ist auch der traum.

so kann, was in allen deutschen ausgaben, die ich kenne, heißt: *der schlaf der vernunft weckt ungeheuer* – auch heißen: der traum von der vernunft weckt ungeheuer.

aus der französischen revolution und den ersten spanischen guerilla-kämpfen gegen napoleons besatzungstruppen hatte goya anlass für genau *beide* gedankengänge.

und wir, hier heute, aus unserer neuesten geschichte, auch.

war das monströse lügen und nackenschießen in moskau 1937, war das große grubengraben im zwielicht der wälder um katyn, war das einmauern von millionen deutschen antikommunisten –

– aus dem schlaf der vernunft?

oder etwa aus dem traum von ihr?

kam das alles aus blutversoffener dämonie, aus psychotischer lust am knechten, oder etwa war das geträumt, waren das im traum geschaut die bilder vom sieg der vernunft, vom sieg der rechnerischen machbarkeit einer richtigen welt, also auch niedermachbarkeit der falschen?

—

bloß weil wir aufstehn, sind wir ihnen die beängstigung ihrer existenz, die aufdeckung ihrer niederlage. die sie nicht aufdecken wollen. erinner dich mal, manche kennen, ach viel zu viele kennen die latte unserer fehler wie ein lied, aber nicht mal den anfangsvers ihrer eignen möglichkeiten, *jetzt, heut noch,* sie selbst. als kämen sie so sich selber davon, stürzen sie sich auf uns.

—

Gewiss, die Faust. Hier sind wir. Wir ergeben uns nicht. Dennoch rate ich zu einer Operation gegen Deine sich Dir verschließenden Hände, zum Schnitt, zur feinen Messerarbeit, zur zarten Entfesselung. Wie sonst willst Du Deiner wandernden Sängerin winken aus Olsker hinab in den Fåregårdsvej? Und auch gehört Deine Faust nicht Dir ins Gesicht. Treibe die Behauptung der Zeichen nicht in Dich hinein, auch über Dich nicht hinaus, am Ziel vorbei. Unser Ziel ist der Mensch, gut, ungeheuer. Die Faust ist der Schlag. Ist er getan, werden wir frei sein für Überraschung. Die geht nur offen. Von der Ekstase bis ins Entsetzen. Vom Schrei bis ins Schweigen. Bedenke Trebitz, die Verhüllung, den Riss, die Entscheidung. Achte auf die Beweglichkeit Deiner Hand. Wie sonst willst Du die eines Kindes in Deiner aufnehmen? Wie sonst sollten wir uns fassen? Etwa nicht? Etwa die Hand des Kindes verlieren? Ohne das Kind ans Ziel? Ohne Dich? Nicht ich. So erinnert in der Liebe einer den anderen an sich selbst. Lass Dich die Schrecken nicht schrecken. Was denn Sturz. Das Kind das Kind der himmlische Wind! Wir setzen, oben im Mast, von Hand zu Hand, noch den letzten Fetzen. Um keinen Hauch zu verlieren, öffne die Hand!

SWINGING EUROPE

»Wildwechsel mit Gleisanschluss« (1996), zeichnet ein vielstimmiges, dissonantes und düsteres Bild eines nach rechts abgleitenden Deutschlands. Das im Untertitel »Kinderlied« genannte Buch montiert in lyrischer Prosa Figurenrede, Momentaufnahmen, Visionen und Assoziationen: Sie kreisen um alte Nazis, um die Menschenjagd auf Andersdenkende und Flüchtlinge und um die Kraft der Solidarität im Mikrokosmos eines Dorfes nahe der holländischen Grenze. Die einen machen mobil gegen Fremde. Im Sparkassenschatten sitzt »Opa Włodawa«, der gerne an die Zeit zurückdenkt, in der er in Polen Jagd auf Partisanen gemacht und die Juden auf die Transporte ins Vernichtungslager geschickt hat. Carola, Viet und andere unterstützen die Flüchtlinge. Honken, Enkel von Opa Włodawa, sucht Orientierung.

—

Jesus lebt.
Swinging europe.
Befehl ist Befehl.
Nur wo es um die Zerstörung geht, entbrennt der Mensch gern.
So werden wir bestraft und bleiben rein.
Wir empfinden ein Drängen.
Alle Anfangsmaßnahmen hart und entschlossen durchführen.
Frühes Blut vermeidet viel Blut.
Wenn wir jetzt Opfer bringen, werden wir im Angriff sein.
Um Viet einen Kreis ziehen.
Unser Dorf soll schöner werden.
Das Dorf der Jäger.
Die deutsche Stärke ist der Schuss.
Wir wollen uns Blut Schweiß und Tränen geben, damit wir eine Wiedergeburt erleben.

*

Nachts im Boot.

Wir konnten damals davon ausgehen, dass Honken uns übersieht.

Es war ohne Schatten das wüste Licht leicht, ohne Mond der Nebel nach schweren Gewittern, dampfendes Weideland mittsommernachts. Honken läuft am Fuße des Deichs seinen schmalen Gang, den Pfad, wir sagen den Paad. Unter sich, zu seiner Linken, hat er das taube Wasser des Tiefs, draußen sagt man Kanal. Um seine nach vorn hin gekrümmten Schultern, Honken hat die kurze, gedrängte Gestalt eines kräftigen Jungen, der sich wehrt, der sich wehren möchte, der sich endlich zu wehren haben wird, düstert Gestrüpp, Brennnessel Distel Schilfgras. Üppig lockt ihn der bleiche Mund im Holunder, die Fülle. Da blickt er nicht durch. Weiß springt der Fisch.

Honken wollte nie schwimmen. Er sieht den Fisch tot im Städtchen im Mädchen die Leiche im Teiche geküsst die Waffen der Rentner im Sparkassenschatten. Die Ratten, sagen die Alten. Sie reden leise von polnischen Banden, schnalzen in Schanden. Sie bluten an Schwanz und Ohren, sagt manchmal Honken. Sie bluten lassen. Weiß Blut ohne Mond. Es schreit eine Kuh. Honken horcht. Ein Flügel fällt über sein Haar, streicht hin, steigt fort. Dem sieht er nach. Auch so hätte Honken uns übersehen müssen. Es ist eine Nachbarin. Es sind die Kunst, der Fluch, die Heimlichkeit einer alten Frau, die liebt, die fliegt, lange tot, Katrin Katrinchen, geschunden von Acker zu Acker, dünn abgehungert zäh zappelig Arbeitermädchenleben, der Polderbauer sagt moie Wicht, gib her, was du hast, das machts. Nun nachts nun lachts.

Da kommt aus Südwesten Wind auf, de hollandse Wind die englische Krankheit die polnische Wirtschaft die spanische Fliege. Da nahm ich mir Viet zum Küssen. Viet ist mein Mann. Da trieb ins Offene unser Boot vor dem Wind, da brach Honken trockenes Holz vom Holunder und warf nach uns und lachte und rief einen Dreck von der Liebe. Ohne zu lachen, das reden wir noch, rief Viet zurück, den lass ich nicht los. So mochte ich Viet. So mochte mich Viet. Wir sind gut dran. Es werden Jagden gegen uns vorbereitet. Wir jagen ihnen die Kinder ab. Wir werden arm sein. Ich bin bewaffnet.

*

Gegen das Pack pass ich auf, da lass ich, knapp vor den schlappen Hosen, die Reifen wirbeln, die überbreite, die neue Kraft, TÜV geschenkt, da schießen die Schlacken wie Eisenteile, da hat sich auf mancher Greisenbank schon mancher die Augen abgeweint, auf meine Freunde lass ich nichts kommen, Ahlers lebt, das sagt Viet oft, wer ist Ahlers, der kommt hier bestimmt mal vorbei, was sonst noch, vorbei kommt hier viel im Versteck bei den beiden, mit schwarzer Katze ans Blech vom Koffer geklebt und Baskenflinte und Korsenstirnband und Antiatom und DDR und Nazis raus, DDR ist vorbei, was ist ein Nazi. Manchmal fragt Viet wie ein Lehrer. Das hat, sag ich ihm, was mit Reinheitlichkeit zu tun. Da lacht er. Das glaub ich. Denn guck dir mal an, wie der wohnt. Die arme Erbschaft, das Bruchstück mit Eule und Schwamm und schlechten Geschichten, Banditen und Henker. Da lacht Viet niemals, da hat er ausgeforscht alles und keine Angst. Sieht aus wie ein fauler Mann, ist aber gefährlich. Wenn du so einschleichst durch Trümmer und flatternde Abdeckfolie und Frösche, Zementsack und Farn und zugewachsenen Mähbinder mit Einschusslöchern von ganz zuletzt noch im Krieg, alles Kanadaranger und Polenspringer, da ist doch damals genauso die Oma von Torsten Poppinga abgelöchert im Schlot versackt, im Entengraben verröchelt, so abgestürzt und hingewrackt sieht hier erstmal alles mehr arm aus, und dann aber, bei den beiden im Sessel, von der Konservenfabrik der Sperrmüll, mit Bildern von Belfast und Portugal, und Pfanne voll Reis mit Fleisch und Gemüse, und Viet, weil er viel zu schnell frisst und viel zu wenig, erzählt schon von peoples in Guatemala, nämlich Kinder und das Killen von Kindern und Kämpfe gegen die Killer, Urwald und Freunde, sagt Viet, wir sind Freunde, sagt Viet, dann sieht hier plötzlich alles mehr reich aus, mit Carola schreibt Dichtung und Viet jagt Nazis, macht ja nichts, aber zum Beispiel Kartoffeln, alles voll Knoblauch mit Muschelmehl, das ist chinesisch, das sind die reichlich gefährlichen Gase, so Geruch im Betrieb sind Kündigungsgründe, war neulich erst wieder die Werbung für Spray, ganz schön frech, alles Düfte mit Lüste, sitzt mir das Fett im Jackett, von Viet, und abends zu Haus bei mir vor der Glotze nennt mich mein Großvater Itzig, sehr witzig, kriegt er aufs Maul, das dumme Schwein. Von wegen Włodawa. Das geht in Ordnung. Jetzt komm mal mit, jetzt zeig ich dir was, bei Viet im Garten, das war mal der Park von reichen Bauern, Wasser ums Haus mit Brücke mit Rosen, rundlich geschnitten und jetzt alles Rott, verlassen vergessen vertan, aber die alten Bäume, gewaltig Kastanie mit Blutbirne und Holunder, da pickt der Specht, da saust die Maus in überall kopfhoch das Kraut voll Mücken, und beinah schon alles das Dach in Trümmern, lauter Siff in den Zimmern, Matratze mit Schnaps und Hakenkreuze, die Pornorede in Kalk gekratzt, hatte zuletzt hier die Bande von Werner, der spitze Schuh mit dem dünnen Kopf, wir sagen der schlanke Schlachter, dann ist der verhaftet worden wegen dem toten Neger in Neuland, und dann war die Bande verschwunden, Kopf ab und Luft raus, so soll es sein, aber inzwischen, was wollte ich sagen, das hat was Verrücktes, oder wir gehen zugrunde, sagt Viet, oder wir gehen dazwischen, sagt Grau, für Ordnung, sag ich, wie damals mein Opa mit Polen, jetzt kann er da auch wieder drüben hin, oder sie kommen hier rüber getapert, da labert er immer und wimmert er nachts die Erbarmung, sagt Oma, Włodawa, die Wälder, das ist normal, normal ist verrückt, so geht der Kampf mit den Menschen, wenn ich ein Tier bin, wäre ich einfach, ich warte das ab, mit demnächst hier überall Neger ist echt geschenkt, alles die Wallacheiapachen mit sudangeschlechtskrank bis in die Bratwurst, und weise Witwen von hinten Karelien, die Gassen, hör mal im Fernsehn und immer dasselbe dasselbe, egal was du drehst, das sind die Programme, die Madegassen, die Massen, mit nur noch Hunger und Glas durch die Nase und Messer im Schuh, nur zu nur zu. Keine Ahnung, wohin mich das führt, ich bin ein Weißer, ich bin gegen Führung, oder die Führung muss klappen, zack, anders läuft bei mir überhaupt nichts. Das ist ein Befehl. Was hat das mit Jesus zu tun, wächst mir Gras aus der Hose?

Mein Name ist Honken.

*

Das Haus ist groß genug. Wir erwarten die Ankunft von Kargow aus Rostock und von Susette aus Karl-Chemnitz-Stadt. In Hamburg wird Mellenthin sich ihnen anschließen. Es werden verkaufte Kinder bei ihnen sein aus den verbrannten Häusern, aus den gesprengten Netzen im Grenzgebiet. Es sind neue Gesetze europaweit. Die sportliche Herausforderung, sagt der Innenminister. Die vitale Wagniskultur. Wir werden beobachtet werden. Die Eltern der Kinder sind tot. Die Kommandos sind schnell. Selten wird einer bestraft. Und wenn. Auch der schlanke Schlachter ist wieder im Dorf. Es ist in der öffentlichen Erwägung nicht nur, längst in der gewöhnlichen Praxis, die ordentliche Zulassung weißer Selbstschutzeinheiten in schwarzem Tuch. Da ist ein natürliches Lächeln zwischen Ordnung und Mord, wir waren schließlich alle mal jung. Das Haus ist groß genug. Honken hilft, wo er kann. Obgleich. Er trägt die leisen Stiefel, er möchte Waffen tragen, er mag die jungen Männer und Frauen, die wehenden Jacken, auch die Masken, auch die Feuerzeuge, Handgranaten en miniature, auch die kleine nackte Gestalt am combat-knife, the fang, wenn man ihren Nabel drückt, brennen ihre Brustspitzen rot. Es gibt für das alles Kataloge. Honken wünscht sich Männer. Honken wünscht sich die Verschwörung von Männern, verlassen verlässlich. Den lass ich nicht los, sagt Viet. Viet ist ein Mann. Viet ist mein Mann. Unser Haus ist groß genug, sagt Viet. Groß genug gegen Gesetze. Kargow, Susette, und nun Mellenthin und die Kinder. So war es von uns gemeint. Treffpunkt. Ausgangspunkt für ein Netz von Refugien. Zuflucht, aber wohin denn zurück? Ich will den Schutz, der sich voran bewegt gegen die Jäger. Das arme Leben bleibt frei. Das uns noch bleibt, sagt Viet. Und was nach dem noch? Das Loch, sagt Viet. Wir streiten. Wir sind Frau und Mann. Wir sind der Mann und die Frau in Kämpfen ums Leben.

*

Keiner der armen Wandernden, die sich uns anvertraut haben werden, wird das Glück überleben, Frauen, Männer, Kinder ohne Eltern, russische Kinder ohne Eltern, schon ihre Großeltern eingekreist deutsch sind verhungert und erfroren, zerbombt worden und verbrannt, kurdische Großfamilien, Jugendbanden aus Bangladesch, der Pfiff und die Trommel aus Bogotá, bewaffnete Frauenzüge aus

Brazzaville, aus vielen Monaten Jagd und Gejagtwerden Jakuten, Jemeniten, Molukken, hautkrank vom Müll, unfruchtbar aus den Experimenten, widerstandslos aus der Chemie, zerfressen verstrahlt, aus Kriegen blöde, kommen sie auf uns zu, und ledern wirr, mitten unter ihnen, der rote Stern, das gelbe Haar, krank krumm und alt oder hasserfüllt jung die Verworfenen aus dem Dickicht der Reichen hier nah, geschwächt von Hunger und Fremde, aus liebsten Träumen toll.

Einige von ihnen könnten den vermummten, einige von uns werden gewiss den kaum noch vermummten Mördern und Mörderinnen einen Hinterhalt legen. Drei junge Frauen werden es wagen und ein Mann. Werden es gewagt haben. Kein Oger soll überleben. So werden wir neue Waffen haben.

Was haben wir aber?

Es rasen die Bilder, stürzen ab.

Wir arbeiten in einem Netz an einem Netz ohne Netz.

*

Denn das, meine Damen und Herren, mal ganz nebenbei, das Leben im Knopf, im Rande der Ränder das Nagen der kleineren Kinder der Negerin, sie näht Jacken in Lagos, sticht, fädelt und stickt in bunten Bildern den Sprung einer weißen Schlange für uns hier Lisa und Paul die feineren peoples mit Biosandale und gerne Gesundheit, woher aber kommen an all diesen Jacken all diese wolligen Knöpfe? Aus Müll gewühlt schneiden die Kinder aus Abfallplastik die Knöpfcheneinlagen, nicht schneiden nicht Schere wird nicht geholfen nämlich gebissen siehst du die Scheibchenkanten genagt an Steinen gerieben, keines ist richtig rund, arm arm, sieh an, sieht alles mehr arm aus, aber dann ist das fein rundgewickelt, mit bräunlicher Wolle fix glattgefummelt, fürs glatte Verkaufen nach oben hier weiß gegen Negerzähne zu sehen alles lieber verdeckt, alles der Hunger von massenhaft Kindern zugewickelt in Knöpfen, ich hatte mir einen Knopf aufgeschnitten, ich hatte mir meinen Kopf aufgeschnitten, so kam das, so seh ich, sonst geht es nicht. Es ist die Neugier der Schnitt die Entdeckung ist Hunger bin ich die Widerlichkeit des Verrückten.

Was wollte ich sagen.

Das Leben im Knopf.

*

Wir sind, sagten mir Mellenthin und Susette, nicht hergekommen, damit du dich reinlegst in deine polnischen Schrecken, auch ist es irrelevant, ob dieser Dorftrottel, der einst, vor über nun fünfzig Jahren, die Wälder nahe Włodawa gesichert, den Gleisbau beaufsichtigt, an der Rampe die Peitsche geführt hat, hier heute vor ein Gericht kommt oder den Rest seiner dummen Tage im Sparkassenschatten verhockt. Hier sind jetzt die Kinder. Sie werden gesucht. Sie werden gejagt. Sie sind die Spur. Sie sind die Schönheit. Jetzt sind das unsere Kinder. Sie brauchen von dir die Zuversicht, die ihnen sagt, dass es geht, dass es auch dann noch geht, wenn sie entdecken, sie sind in die Mördergrube gefahren, entdecken, dass nicht der Hunger ihr Feind ist, sondern ein transnationales Geschäftsinteresse, das ihnen den Hunger beibringt. Da wird es nicht länger die Armut sein, die sie peinigt, denn mit ihnen verschworen werden wir alle arm sein, sondern das Wissen vom Oger, der schlachtet.

Ich fand, dass Mellenthin recht hat, ich fand ihn so stolz, so winzig zäh leberkrank froh gegen alle Gewalten, so ledern gespannt in unsere gute Zukunft. Er war im Sprechen, unsere fast leeren Zimmer zum alten Garten hin sind groß, um mich herumgegangen, in weiten Kreisen, ein Kind auf der Schulter. Das wollte längst runter. Ich nahm es ihm ab. Das Kind zog mich sachte hinüber ans siebte Fenster. Dort saß eine kleine graue Katze auf einem zerrissenen Sofa. Wir legten uns zu der Katze. Das Kind küsste die Katze. Die Katze küsste das Kind. In ihr Schnurren sang ich den alten Vers, o, du lieber Mellenthin, alles.

*

In manchen Märchen helfen Tiere den Menschen voran, auf Wolken durch einen Tunnel über den See, es ist aufgepasst worden, es wird geplaudert. Wir haben fast keine Sprache.

*

Wir warnen Susette vor den schwarzen Kommandos in Supermärkten, im Brückenbereich, an den Grenzküstenstreifen. Die heimischen Horden sind nicht mehr heimlich, nicht mehr verboten, sie sind berechtigt, hilf dir selbst dann hilft dir Gott, steht auf ihren schwarzen Blusen, sie jagen frei.

*

Weiße Arme aus Osten helfen den Jägern beim Jagen der Armen aus Süden. Die mit den anerkannten Papieren melden sich zu den Wachmannschaften der Abfanglager. Über vieljährige schwerste Arbeitsprozesse längst eingegliederte Ausländer dokumentieren in Abendsendungen zur besten Einschaltzeit ihre Zugehörigkeit ins weiße Leistungsmodell der Zentren, dumm die heimische Brutalität herzlich vital zwischen Sindelfingen und Finkenwerder, und aber schauerlich reichstreu die Deutschtümler mit ihrem Artennachweis, die Saubermänner vom Altai, die Sauberfrauen von Wolga und Pruth, stolz verschrunden in die Magie der Haken, treten sie gegen Russen und Russinnen blank verächtlich, gewalttätig gegen die Ärmsten aus Polen, der Rotz der blutigen Nennungen läuft ihnen frei, Litzmannstadt Kulmhof und Gotenhafen, Warthegau und jawoll Herr Schaffner Russland kaputt, haha.

*

Sie drehen, sagt Viet, den Strick bis er ihnen zerknallt als ihr Schrei. Eingefangen gegen den Menschen sind auch die Jäger verloren. Die den Transport bewachen, sind auf Transport. Und nun brennen und bersten die Wälder und Gänseställe und Zeitungshochhäuser und Fußballplätze und Fräsautomaten und Dreschmaschinen und Atomreaktoren und Lokomotiven. Und birst die Puppe im Bett der Enkelin. Und brennt der Rote Stern auf den Gräbern der Partisanen. Das Bersten das Brennen das Heulen der Hunger der Hass. Millionen, noch immer nicht tot, noch immer nicht kleingesprengt einzelhaft Schrott, wandern durch Feuerfluten nach einer der weißen Inseln des Friedens, aus eben welchen die Ursachen sind für all diese Raserei, und der Skin wird jagen den nackten Kurden, der Kurde wird jagen den Neger, der Neger die Negerin. Die wird nichts halten. Da werfen die weißen Zentralen Krankheiten in ihr Haar, auf ihre Haut, in die Leber der Kinder, und rasch wird gehaucht werden die Verätzung hernach der leichernen Flächen, die Löschung gesprüht aus den Mehrkopfdesinfektionsraketen aus Mannheim posthuman zivilitär wälderweit steppenweit städteweit Dorf um Dorf dampfend das Mehl aus den Augen der Macht der Verrückten. Ja vorwärts ja vorwärts! Zustimmung aus den Seniorenstiften und Supermärkten und Flugzeugwerften und Gärtnereien Schankwirtschaften und Urologien und Panzerkasernen und Pastoraten und Quizredaktionen und Küchen und Küchen und Küchen, das lassen wir uns nicht nehmen. Es ist ein Drängen, um die Leere zu zerstören. Es ist ein Drängen um die Leere. Es ist die Leere.

*

Es ist das Grauen der Selbstlosigkeit. Bevor sie auslöschen, sind sie gelöscht. Das tut mir leid. Wäre doch Freude, und sei es die Freude der Rache. Es sind die dumme Lust der Lutscher und Lutscherinnen, die dreizehn Schläge aufs Maul, die dreiunddreißig Parolen.

Müll uns nicht an, alter Mann.

Ach, Müll.

Die Anlage ist von weitem an ihren hohen Schornsteinen zu erkennen, deren Abgaswolken ganz unverfänglich an Arbeit gemahnen, Müllkipper fahren im Schritttempo an einen Gleisanschluss und fahren vorwärts und rückwärts und vorwärts und rückwärts und gehen über zu einer Art Ballett. Sieh mal den Fleiß. Diese Wunderdinge bedrücken mich nicht, es ist die Wahrheit, bis in die Asche, bis in das Nichts, es ist der vollständige und endgültige Sieg der ordentlichen Leute, die Nivellierung alles dessen, was anders, überraschend, schöpferisch ist. Es ist kein Tanz, mein lieber Tournier, es ist das Leben nach dem Tod, sie hatten das Mittel gefunden, so dass nun am Ende sie lebten und liebten das Leben nicht mehr, und aber lebten weiter, schon ganz verbrannt. Kargow, mein Liebster, hat es geahnt.

*

Ein Baum ist ein Ast ist ein Strick ist ein Stoß, so einfach ist die Sache nicht mehr. Es ist gelernt worden auszustellen, es auszuschwingen als einen Sprung. Swinging Europe ist nicht Swooping Europe. Wohl wegschnappen packen verschlingen schwups. Ach, wer da mitstoßen könnte. Aber die Message, auf die es jetzt ankommt, rollt anders. Zwar bleibt eine wichtige Nachricht in dem, dass der Mensch seinen Killer nicht stoppen kann, aber anders tief frisst der Brand der Bilder, aus denen aufscheint, dass ers nicht will. Diese Botschaft ist ihnen die liebste. Ihre Herstellung ist von ihnen geübt. Sie üben an uns die Botschaft von unserer Selbstvernichtung, das Signal der Verzweiflung. Sie sagen Judas.

*

ein schrei ist zurückgekommen.
ein schrei, der zurückkommt, ist eine arbeit geworden.
die einem mörder den tod bringt.
die schlinge den stein den stock.
stock und stein. hopp hopp.
ist die liebe.
ist das die liebe?
wir haben uns dieses schlachthaus nicht ausgesucht.

das ist ein stiller schlachter nun.
das muss ein schlechter schlachter sein.
das ist eine schlechte stille.
nicht schlecht. recht still.
war das moor.

*

Da huschten sie ab selbdritt, Honken, das Kind und Viet, im Schatten meiner Flügel, der Grenze zu, überkletterten unterm Jagdweg die Schattenhölzer von Nieuwe Statenzijl, sprangen die Linie, die hockt grauser Josef, kämmt seinen Schopf, in nie keines Grenzwächters Gitter geflochten, einer von uns. Hinter der Grenze tanzte Carola. Wir wussten, wo. Ahlers hatte ein Zeichen gegeben. Also der alte Freund Ahlers nun doch, die Farbschieber einer schwarzen Lampe, flach Daimon zwo zwo drei drei, an Nina von Kargow die Weitergabe zuletzt zuletzt kriechend durch den Morast hatten wir froh zu sein, wenn sich der Ansatz zeigte zu einem Stieg. Wir kennen Wege. Auch nachts.

SPLITTER 5

–

wieso gedichte

aber der stein im maul
gegen den wind gebissen
glasaugenblick

nicht feld und wald mehr
nicht keller und kammer
für lange geschichten

suche nach worten

Überhaupt Hände.

Wenn die Alten mittags zum Essen schlurfen durch die glänzend glattgebückten, buchstäblich stinkend sauberen Synthetikflure, durch diese vorbildlich lautlos geführten Leichtmetalltüren, durch all diesen Dreck keimfreier Reglosigkeit – klar Zierfischaquarium, klar lackblank Holzwurzelwandschmuck, klar Kunststoffpalme und Judasgroschen – dann sieht man immer mal wieder, besonders im Moment der Enge der Türen, wie eine Hand schnell nach der anderen greift. Die Suche danach. Die schreckliche Suche. Denn fast alle Hände sind kalt hier.

Eine von denen bekommt oft Besuch (das ist hier selten). Aber sie sagt zu mir, dass zu ihr nie einer kommt. Das wird sie wohl wissen, denk ich. Das wird sie verdammt wohl besser wissen als ich, denk ich mir. Denn mancher, der kommt mit den Supermarktabpacknelken und mit den Schwiegersohnsüßkramhäppchen, mit dieser wüsten Kleinkindbetreuungssprache, kommt eben durchaus weißgott hier nicht an, war also auch nicht da; war nämlich also tatsächlich niemand da; nur bisschen moralische Absicht; aber die kann keiner küssen.

—

wörtlich zuletzt meine mutter

da werde ich also keinen begleiter haben
da wird es eine erklärung geben
noch haben ochse und esel die großen fragen
was alles aus dem menschentheater geworden ist
der esel ist alt
kann keinen weg mehr finden
ins gefängnis kommen oder aufs klo
braucht es das kärtchen am hut
viel gesindel ist unterwegs
da können wir froh sein
dass sie mich noch nicht eingelocht haben
der strenge hausherr war heute zum ersten mal hier
der streng ist am hals
der strang
könnte den weg noch finden
sicherlich werden wir uns da wiedertreffen
noch ist alles sehr rätselhaft
wo ist der mittelpunkt
haben die kinder zu essen bekommen
ich bin nicht mehr neugierig
ich stelle nur fest
unheimlich aber nicht böse
es taucht eine frage auf ungeheuerlich
zum ersten mal ist der wein verwackelt verwandelt
so werden wir alle heil erhofft

verdeckung 1

der hausherr kommt
böse
in rätselhaft
werden wir uns wiedertreffen
kinder zu essen
neugierig
taucht die frage
in wein verwandeltes
heil

verdeckung 2

werde ich

keinem begleitet
eine erklärung geben ochse und esel
alles ist aus
dem theatergefängnis
auf der hut
ich gesindel kann froh
sein das strenge rätsel
hat kinder zu essen bekommen
neugierig fest
das ungeheuer verwandelt
nicht meister und herr mehr

werden wir alle heil

verdeckung 3

große fragen
alter esel
keine wege
können früh sein

eingelocht
der strenge hausherr
rätselhaft
so strang am hals

kinder kommt
ich bin das fest
taucht ein
spiel auf ungeheuer

feuerwand die
herren haben
meist kein hoffen
werden wir

—

Dass Dir, der Sonne entgegen, der Frühruf der Hähne ein Gähnen ist, kommt, weil Du zu spät Dein Bett aufsuchst. Ich habe Dich oft hiergegen gewarnt, und ich tue es wieder. Ich bitte Dich, das Wirkliche nicht zu verweigern, denn sonst, alsbald, verweigerst Du Dich Dir selbst. Und erinnere Dich, der bin auch ich. Verzeih die Philosophie. Bitte, einfach, lerne, Deine Trauer von Deiner Faulheit zu unterscheiden. Oder sage ich es Dir hahnengefiedert: Es geht alle Liebe nur fleißig. Cock-a-doodle-doo!

—

Ach, Ole, es ist in der Liebe, auch in unserer Liebe, eine Gefährlichkeit. Es ist eine Unwirklichkeit, die angreift. Es ist wohl bedacht, dass der Marxismus das Reden von Liebe nicht kennt. Und doch, ich empfinde, wenn ich dich denke, unerhört Glück. Leise leise. Man darf es nicht sagen. Die Ungeheuerlichkeit. Das verbotene Wort. Eben kein Sinn.

—

Was ich, bezogen auf das Urteil von Nürnberg, in diesem Zusammenhang klarmachen möchte, ist folgendes:

1. Herrschende Klassen können den Krieg immer nur scheinbar, nie tatsächlich wirksam bekämpfen, denn genau das gesellschaftliche System, das sie zur herrschenden Klasse macht, macht auch den Krieg.

2. Herrschende Klassen in verfeindeten Ländern sind – und das eben lässt sich am Nürnberger Prozess so genau beobachten – offensichtlich niemals so gründlich gegeneinander verfeindet, dass die herrschende Klasse im siegreichen Lande X der herrschenden Klasse im unterlegenen Lande Y die für deren Fortbestehen erforderliche materielle Basis wirklich zerschlägt. Täte sie das, sie würde sich damit den Boden zerschlagen, auf dem sie selbst aufbaut. Wird sie das tun? Nur politische Schwärmer können mit einem solchen Selbstopfer der Herrschenden rechnen. Realisten werden dem entgegen feststellen müssen: Die Leute oben helfen einander im Kampf gegen den Fortschritt der Massen, im Kampf um die Beibehaltung der alten Macht, noch über Auschwitz, Plötzensee und Hiroshima hinweg, stets wieder auf die alten Beine. Dabei kommt es nicht im Geringsten darauf an, ob die Herrschenden das in erklärt böser Absicht tun oder unter dem Zwang der ökonomischen und ideologischen Systeme, die sie eingerichtet haben. Sie haben sie eingerichtet. Das macht sie verantwortlich für die Folgen.

Nein, 1945 endgültig den Krieg aburteilen und abschaffen zu wollen, das hätte verlangt, die Machtverhältnisse, also die Eigentumsverhältnisse an den Produktionsmitteln, die ökonomische Basis der gesamten westlichen Welt, abzuurteilen und von Grund auf zu ändern. War aber eine dermaßen gründliche Änderung von Amerika zu erwarten? Es war schon sagenhaft naiv damals von uns, zu glauben, wir würden frei sein, wenn ein paar Nazis ins Zuchthaus kommen. Zu glauben, wenn ein paar Generale hängen, dann hängt auch der Krieg.

—

achte mal, wenn die sonne scheint, auf den schatten des autohändlers. er hat keinen. alles verkauft. vor der erde fürchte ich mich nicht. aber vor denen, die auf ihr sind, um sie zu kaufen. es sind mörder.

—

blues sieht weiß. sie weiß. hier komm ich nie wieder raus. oder wir befreien uns. oder ich werde verrückt. ihre hand rieb am weiß aus glas. es fängt schon an. was ist verrückt. ist unsre befreiung. wie geht. und geht das. nicht nur sprache schwierig sondern hier schreit eine weiß wie läuft lässt schreien nach stunden wird nicht mehr schreien kurz schlafen wieder aufbäumen dann spezialzelle und wenn morgen noch immer kraft hat spritzen sie wollen dass wir explodieren weiß noch nicht was und wie genau sie uns provozieren sicher werd ichs bald wissen brodelt hören nur unsre geräusche und die des überwachungssystems alarmklingeln quietschen der funkgeräte was wir von uns hören ist durch die ganze architektur des trakts entstellt stimme von einem menschen den man jahrelang kennt nicht wiedererkennen jedes geräusch fremd händeklatschen metall freistunde nachholen irgendwas musste verdank ich in diesem ganzen jahr eine ganze stunde sonne will antragsformulare werde zurechtgewiesen bittstellen wollen sie sagen das soll erst wimmernd gekrochen wenn ich friseur oder schreibpapier oder.

gegen papier und papier und kippe und klappe und kippen papier und papier hier ist ein stück blech, handgroß, die leere fischdose hatten sie weggeholt, das deckstück, versteckt, war von ihnen vergessen worden. ein blech, ich biege ein boot, werkzeug die blattfeinen zwischenräume, von kante zu kante, es schließt nichts ganz, am fenster einer, zwischen wand und waschbecken einer, hinter den türscharnieren, die waren besonders geeignet, da ließ sichs im winkel nach zwei seiten biegen, falten, spitzen, aber da war auch draußen, das ohr das auge, nah, ich biege ein boot aus blech blues schmiede schneide schmiege wortfarbe stimmtöne schwing kling swing blues. gegen weiß. schneidet. hat schon geschnitten. groß farbe rot. sie ließ es trocknen. ach fliegen noch fließen rot. sie musste es trocknen lassen, sah den gehärteten glanz, das verdunkelte rot. siegeln. segeln.

weiter. ich biege uns ein. könnte sein sie. könnten sie das. könnten sie uns, alle aus widerstand uns, die sie gegriffen haben, auf eine insel verschiffen, waffenumfahren, arbeit und leben dort wir. könnten sie das. das können sie nicht. über den wachbootring weit fliegt eines jeden entscheidung, kreist ab, fällt ein, *flammender sichtflug,* wieder und wieder. wir. sie müssen vernichten. die produktion des kretin, ihr sinn. weiter. hier blech. weißblech. was ist das. aus stein gebrochen geworfen gerollt gestaut gegriffen geworfen geschmolzen geschlagen gewonnen gesichter gesichter, die hand der kopf die beiden füße genau, am blech, der schwarze schriftzug im rot. und so der fisch aaah im blech das boot bunt. sie hatte gelesen, draußen, weit hinter speichern und rattenwasser, das schiff sei weiß. es ist aber *kerstin* vielgestreift weitgeschweift bunt alle farben wir. das grün aus dem blatt des feigenbaums, rot innen süß aus der feige, das gelb aus morgen und mond, auch aus dem fell eines schlafenden hundes in feital, das blau aus dem meer, das weiß, woher, wie gut weiß –

im kamm der wellen die zerwehte figur der gewalten. gut weiß. aus portugal hatte ihr einer geschrieben, verrückter mann, schreibt bücher *im stein,* so nennt er das, weiß er nichts, aber der brief, der war bunt gewesen vom bild auf der marke, vom boot dort. blues kramte. wo ist der brief mit dem boot. alle paar tage, dann, wenn du hof hast, kommen sie filzen, wirren dir, was du willst. vieles geht weg. wo ist der brief. wo ist der typ, er schreibt. wo ich, ich hock. *auf was im horizont ist das.* ist boot ist botschaft ist kein. weiter. kein brief. weiter ich baue. ich baue das leuchtend der bug im schein der signale feuer weit noch hin wir die spitze bieg ich mir

in

der tür knallend drei sonderschließer, her mit dem blech, schlirfzack, lichtzeichen spiegeln, sender bauen, es ist eine anordnung

weiß.

blues weiß.

MAIDEUTSCH. REDE ZUM TAG DER BEFREIUNG – EPILOG

Am 8. Mai 1985 hielt der damalige Bundespräsident Richard von Weizsäcker eine bemerkenswerte Rede. Erstmals sprach ein Staatsoberhaupt der Bundesrepublik Deutschland an diesem Tag von einem Tag der Befreiung. Das Echo war überwiegend positiv. Zwanzig Jahre später hat Christian Geissler die Rede von der Befreiung aufgegriffen. Am 6. Mai 2005 sprach er – es war sein letztes öffentliche Auftreten – im Dortmunder Buchladen und Kaffeehaus Taranta Babu. Dem, was viele Zeitgenossen im Jahr 1985 für frischen Wind hielten, hat Geissler von Anfang an misstraut: »es ist bei windungen geblieben« – so resümierte er in seiner Rede.

tag der befreiung.

allerlei mächtige
mühen sind verwendet worden
aufs etablieren so fremder einverwendung
ins deutsche.

tag der befreiung.

es ist bei windungen geblieben
silberhaarig
sechzig jahre
wind. flaut.

keine windsbraut ach
keine nebel zerreißen
kein himmel ist helle
ach ängstliches band.

erlauben Sie.
MAIDEUTSCH

I

zweitausendfünf
einer jungen deutschen
einem jungen deutschen
ist der achte mai simpel
bloß pillepalle
hier und da gaga
gemeinhin schlicht nothing.

(ausnahmen gibt es überall.)
(das sind dann die fußkranken der geschichte.)

einem alten deutschen
ist der deutsche achte mai
von anfang an
nicht geheuer.

noch vor wochen
antwortete ich einem jungen genossen
auf seine freude
er sei jetzt
am oderufer
in kienitz.
im ersten
von der Roten Armee befreiten
deutschen dorf –
antwortete ich dunkel ihm so

ein deutsches dorf befreit?
die deutschen
die ich in der bauplatzarbeitswelt meines vaters
im lehrpersonal meiner schulen
endlich beim militär
kennengelernt habe
fanden sich nicht gefangen.
eilig unheimlich schmerzlos
waren sie selbst die fänger
europaweit
böse gemütlich treu gestiefelt
der dumme vollzug der verkettung.

dann ist der kettenschlossschlüssel
ihnen abgejagt worden.
da
dann
also
waren sie niedergeschlagen.

oder doch waren wir gefangen gewesen
wir armen
teufel?

mag sein
es lag am ende
um uns geworfen
die schlinge der angst
die weiß

: bald werden sie
wann denn
auch mich letztes schwein
erwischen:

nun denn.
im april fünfundvierzig
im oderbruch
endlich
ist der bange totmachermann
ist das verschwiegene dorf
von den frauen und männern
der Roten Armee
erwischt worden.

es hat mich erwischt.
krümmt klug der krumme.

also doch befreiungsgefühle?
etwa heimlich ein wissen doch?

mag sein
zuletzt
der landserlall
so

: jetzt hats mich erwischt.
jetzt ist das gut so.
jetzt ist das der schluss so.
reimt schuss – oh!:
ach kuss.

2

am achten mai fünfundvierzig
war ich
als kleiner kleinster nazisoldat
sechzehn jahre alt
zivil verkleidet
versteckt
im mecklenburgischen *forst karrenzien*
in der revierförsterei *grüner jäger*
bei des försters tochter marie.

wochen zuvor war
dort im stall
ein russisches arbeiterkind
an den tag gekommen und
hatte ich reden gehört
die flüchtlingsfrau liese kalweit
die treckführerin aus gumbinnen

: drei tage die milch ihm nicht geben.
dann stirbt das aus.
weil es ist ihnen ihre vermehrung verboten.
weil wegen dem blut aus der rasse :

frühling lässt sein deutsches band.
großmutterrede
im märz fünfundvierzig
amt neuhaus
elbe.

ich habe die rede gehört.
ich bin in meinem versteck geblieben.
die kleine deutsche marie
hat das russische kind gerettet.

3

dann rollten
auf blaubeerwegen
die jeeps von *willys.*

dann kauten die *airborne*soldaten
muskelig lust.

ich stand im schatten von erlen und kiefern
sah ihren weichen schuh
ihr leichtes gepäck
ihr großes kichern aus memphis.
hörte musik aus new york.

konnte aber nicht tanzen.
konnte aber
ich weiß das noch ganz genau
nicht lachen
nicht frei.
sondern stand ich
mitten im bruch
einbruch abbruch aufbruch
ach blöde nur
in meinem rätsel
im schreck

: was wird jetzt aus mir?
was werde denn ich jetzt nicht sterben deutsch pflicht?
was werde ich leben? was ohne den tod?
was kein mein soldatentod deutsch?

das verzeih ich meinen landsleuten nie.
auch das nicht.
das verzeihe ich meinen deutschen erziehern niemals.

sie hatten mir den tod beigebracht.

ich konnte keinen freiheitsschrei.
ich konnte keinen freudentanz im mai fünfundvierzig.
ich mochte können den tod.
woher?

4

woher hatte ich das?
vielleicht aus dem achten mai
neunzehnhundertundzweiundvierzig.
wir hitlerknaben hatten getollt
im führernachwuchslager
nahe mohács
unter den duschen
die dienstseife war beschriftet

das große R und das große I und das große F
wir nannten das *Ruhe In Frieden*
denn so war es an uns gewitzelt worden

:die seife kommt aus verbrannten juden:

das war uns geflüstert worden.
neunzehnhundertzweiundvierzig.
vielleicht war es das.

oder vom achten mai dreiundvierzig
der brief
ich zitiere
ein dokument

an den höheren ss- und polizeiführer ost.
verlauf der aktion am achten mai.
das gesamte gebiet wurde
von durchkämmungsstoßtrupps
nach noch vorhandenen juden durchsucht.
zur zeit halten sich das untermenschentum
die banditen und terroristen
in bunkern auf.
es ist gelungen
etwa sechzig terroristen aus der kampfleitung
schwer bewaffnet zu packen.
auch eine ganze anzahl jüdinnen
mit entsicherten pistolen im schlüpfer
wurden erfasst.
die gesamtzahl der behandelten juden erhöht sich
damit auf 49.712.
ein verwundeter angehöriger unserer trawnikis
ist heute seinen verletzungen erlegen.
gezeichnet stroop.

jürgen stroop kam aus detmold.
lippe detmold.
wunderschön soldat.

aus dem dorf trawniki
östlich lublin kamen
trainiert von einem soldaten aus heilbronn
ukrainische und polnische helfer der ss.

in trawniki bin ich vor jahren herum gelaufen
um einer überlebenden jüdin ein bettzeug zu bringen.
die alte frau kam
auf mein klopfen
mit erhobenen armen aus ihrer hütte.
sie rief mir zu

: nicht will ich reden nicht will ich reden:

dorffrauen neben mir murrten.
ans gartengatter der alten war
ein polnisch beschriftetes pappstück genagelt

: jüdin kazewa ist schmutzige hure :

das war jetzt
das war jetzt im mai siebenundneunzig.

gekommen ist der maie
mir träumt ich weiß nicht was
hier ist des volkes wahrer himmel
zufrieden jauchzet groß und klein.

nicht will ich reden.
nicht will ich reden.

es windet heulend sich im wind
der wald wie ein gepeitschtes kind.

das waren heine und goethe und lenau.

5

ein deutscher soldat
pionier
fotograf
windet sich nicht.
jauchzt nicht.
träumt nicht.
einer im mai
sieht genau hin.
schreibt genau auf.
im deutschen frühling.
im deutschen warschau.

die schande ist kein geheimnis.
am ghettotor die zuschauer
sind soldaten aller dienstgrade
auch zivilisten aus der verwaltung
sekretärinnen
fahrer
leute vom arbeitsdienst
eisenbahner
schwestern vom roten kreuz.
es werden jüdische bettelkinder gefangen,
es werden alte juden niedergeschlagen.
gelächter.
aufmunternde zurufe.
manchmal mit fotoapparat.
manchmal in badehose.
gratiskino.
es ist kein geheimnis.

im deutschen mai zweiundvierzig.
zufrieden jauchzet groß und klein. –
– was wär uns da eine befreiung? –
es sei denn
du machst sie dir selbst.

joe heydecker
der pionier mit dem tagebuch
der heimliche deutsche mensch in warschau
hat
zusammen mit seiner jungen frau marianna
bald nach dem krieg
deutschland für immer verlassen.

dem ekel entwischen.
brasilien zum beispiel.
bloß raus hier bloß weg!

wie auf dem wintertisch
der sau das blut
läuft mir der mut
raus dämmerstunde deutsch
reifdampfend früh
von dorf zu dorf
kommando quiecken röcheln lachen flach
der kalten sonne rot
ah wonnetod
dem kotgeruch
der schlanken hatz
dem ekel zu entwischen
frei

hier zitiere ich mich selbst.
aus dem befreiungsnovember neunundachtzig.
befreiungsschlag.
es wären die deutschen
es wären wir deutschen
also doch zu befreien?

es sei denn, sie befreiten sich von sich selbst.
es sei denn, wir befreiten uns von uns selbst.

aber auch das kann schief gehen.
in wien
ein überlebender aus der shoa
sagte mir im mai einundsechzig
: die kugel, die die deutschen fünfundvierzig
sich durch den kopf geschossen haben, ist beim einen
ohr rein, beim andern ohr wieder raus gegangen:

bleibt bisschen loch für den kerzenstummel.
bleibt das vergossene blei.
fürs rätseln.

6

was denn rätseln.
das löst sich leicht.

neulich
in einem hamburger krankenhaus
siffig die krebsbude todesflott.
im fernsehzimmerchen elf deutsche männer.
alle schwer krank.
draußen hart frost.
die abendschaukamera fährt
tausend wartende menschen ab
schwarze und weiße und braune
alte und junge und kinder und wickelkinder.
in einer viele-stunden-wartekette
stehen in hamburg und starren
alle diese menschen um ein obdach
um asyl.
viele ohne mantel.
alle ohne dach.

: im weißen frost weiß die freiheit:

dann schnitt.
es kommt ein bus.
und noch einer und noch einer.
die reise in ferne provinzen des landes beginnt.
vorpommern brandenburg emsland.

: die lässt du am besten zufuß marschieren.
das reicht dann schon bald für die meisten :

alle
(in worten: alle)
stimmen dem todkranken
(blasenkrebs)
fachmann
zu.
nachbarlich deutsche fachkraft
insachen *todesmärsche.*

nun mach ich geschrei.
nun schließt sich um mich ein ring
aus eiter und blut und blödsinn
aus feindschaft deutsch.

mitten im sterben
der hass auf die rettung des menschen.

und ein prostatakrebs im joggingkleid
signalfarbenfrech
packt mich am hemd

: und du
du hörst hier jetzt endlich mal ganz fix auf
mit deiner humanität! :

nun denn.
so sagen sie frei ihren hass.
kein pardon, ihr lieben.
sie sind verantwortlich.
auch im mai.
auch im mai
sie wollen den kill
so lange sie was davon haben.

sie sagen öffentlich männlich gewiss die gruppengewalt
die sie treibt
gegen die schönheit der freien gestalt
gegen den menschen
der kommt
sagen sie ihren entschluss

: bis an die zähne bewaffnet die vergewaltigung.
grenzenlos die *völkergemeinschaft* des nordens
die weiße des mordens
gegen den rest der welt
einfach die folter:

nix da freiheit.
nix da ein achter mai deutsch.

7

oder doch?
etwa im jahre siebzig spät doch?

da feiert die DDR
da feiern die letzten
aus sachsenhausen und hohnstein und buchenwald
ihren tag.
den tag der befreiung.
da ruft mich
paar tage zuvor
ein ndr-chef an.
wollen sie uns in eile nicht
einen beitrag machen für »panorama«.
zum fünfundzwanzigsten jahrestag.
wir wollen das nicht ostberlin überlassen.
wir hier sind ratlos.
lassen sie bitte sich etwas einfallen.

ich habe den fernsehbeitrag gemacht.
und zwar so.
: in einer westberliner demonstration
läuft ein arbeiter monologisch ins fragen.
was denn hier feiern die
die uns das alles eingeheimst haben
die uns das alles
auf tod und leben
befohlen
kreidig gepudert haben
die pfaffen und offiziere
die lehrer und meister
die industrie aus den vätern?
wir sind ja in deren ausbeutungskriegen
mitten noch drin.
wir sind ja noch gar nicht befreit.
was tapp ich den achten mai?:

mein beitrag kam in »panorama« nie.
nur mitternachts schlafspät am *neunten* mai.
im sonderprogramm.
mit einer diskussion.
zur sicherheit gegen rot.
von springer hatten sie eingeladen
den chefosthetzer matthias walden.
von den autobauern und panzerschneidern jens litten.
zu meiner sicherheit ich
hatte aus der innsbruckerstraße in westberlin
ulrike meinhof gerufen.

: unser ausgangspunkt für befreiung
für jede deutsche beachtung des achten mai
ist auschwitz:

das sagte sie leise.
fünf tage später
andreas baader wird freigeschossen.
der anfang einer ermordung.
alles nachts alles nachts.
nachts
vom achten mai auf den neunten
im stammheimer knastjahr sechsundsiebzig
ist ulrike meinhof gestorben.
worden.

komm lieber mai und mache.
im tale grünt kein hoffnungsglück.
aber die sonne duldet kein weißes.

8

aber die freiheit duldet kein weißes.
so komm ich zurück an das oderufer.

in den kienitzer kämpfen
in der eröffnung des achten mai fünfundvierzig
waren im april letzter schnee
erster waldblütengrund
menschenblutrot.
anders geht keine befreiung.

in eines jeden erstem atemzug
zwischen den beinen der mutter
sind wir blutig.
und niemand singt.
und schreit ein jeder ums leben.
und sollte doch aber frei
das menschenlied werden
aus unserem ersten schrei.

und ist
im mai zweitausendundfünf
ein rülps.
der lügt.
der lügt nicht.

endlich unendlich satt
beweinen die täter und täterinnen
was ihnen angetan worden ist.
endlich unendlich schrien
die kinder endlich schreien
im feuer.
die deutschen kinder.

: die klage der kerzen im dunkeln ist munkeln :

9

freiheit
wäre sehr scharf gewesen
sehr hell ein licht.
es hätte uns entstellt.
freiheit
bräche sie auf
stellte uns aus zu uns selbst.
wen aber fänden wir vor?

also das lassen wir lieber.

denn wen denn finden wir vor
nach sechzig jahren am achten mai deutsch?

die verwüstung der verkauften.
frei gaga
die hatz auf dem markt
vom blanken ins blöde.
harmlos die unappetitlichkeit.
blind.

harmlos ist schmerzlos.

so soll es sein.
so sollte es aber nicht sein.

denn vor jeder befreiung
steht die erfahrung schmerz.
die schmerzlosen die unheimlichen die verkauften
wir schmerzlosen wir unheimlichen wir verkauften
sind nicht zu befreien.

ach unsere kinder und kindeskinder.

10

das verkaufte ist immer das tote.
wir sind das verkaufte.
das gekaufte ist immer das tote.
wir sind das gekaufte.
tote.
sind nicht zu befreien.
sind furchtbar schon frei.
sind frei schon furchtbar.
simpel nichts.
simpel das nothing.

so kann man es lassen.
so kann ich den achten mai einfach lassen.
(ich danke schön.)
–
(moment!)

II

es sind von mir menschen vergessen worden.
es sind in meinem lamento
deutsche kämpfende frauen und männer
vergessen worden.
sind nicht vergessen worden.
sind nie vergessen.
die wenigen.

die vieltausend wenigen
gegen die vielfach tausend mal tausend
deutschen im hitlerhaufen
waren ja da!
waren wo?

waren allein.
waren im stich gelassen.
waren verraten.
von allen seiten.

von moskau bis memphis.

sie wollten
sich
uns
befreien zu sich selbst
uns zu uns
im aufbau des sozialismus.
sie sind gescheitert.
worden.

sie leben in meinem kopf.
nicht nur am achten mai.

12

am achten mai zweitausendundfünf
denke ich an den achtzehnten mai zweiundvierzig.
widme ich meine dortmunder rede

: herbert baum
elektroarbeiter bei siemens berlin
zwangsarbeiter
kommunist
jude:

baum hatte lust aufs leben.
baum hatte lust auf leute
die sich befreien
aus globaler ausbeuterei.
baum hatte lust gegen barbarei.
baum hatte lust auf den achten mai fünfundvierzig.

da hat man ihn deutsch
drei jahre vorher
aus seinem leben gejagt.

(so gehts dahin.)
(ich danke schön.)

ANHANG

Biografische Skizze

Christian Geissler, geboren 1928 in Hamburg, war ein Zerrissener. Das fing in seiner Kindheit an: Der liebevolle Vater, Sohn eines Architekten und selbst Bauunternehmer, war Mitglied der NSDAP und steckte ihn in eine HJ-Uniform. Die Mutter hatte zwei Brüder, die Mitglieder der KPD waren und 1933 nach Moskau emigrierten. Sie hatte zahlreiche jüdische Freund*innen und nahm ihren Sohn mit, wenn diese das Land verlassen mussten und sie sich von ihnen verabschiedete. Geissler beschreibt sich selbst als stilles Kind, dem Stärke und Macht unheimlich waren; er wurde aber mit 15 zu Hitlers letztem Aufgebot im schon verlorenen Krieg zu den Flakhelfern eingezogen. Er hatte Glück – sein Zugführer war der evangelisch-christlich geprägte Hermann Ehlers, von 1950 bis 1954 Präsident des Deutschen Bundestags. Der schickte seinen Trupp nach Hause, was im Prinzip einer Desertation gleichkam.

Der Vater war nicht gefallen – dieses Wort lehnte Geissler ab! –, auch nicht erschossen, er war »geschossen«. Ihn konnte er nicht mehr fragen, warum er bei den Nazis mitgemacht hatte und welche Konsequenzen er ziehen würde. Aber Geissler war dabei, als Hitler bejubelt wurde. Er wollte jetzt verstehen, was geschehen war. Schon 1961 gab er eine Textsammlung mit Dokumenten heraus: »Das Dritte Reich mit seiner Vorgeschichte 1918–1945«.

Christian Geissler orientierte sich zunächst am Christentum, wurde katholisch, studierte sogar Theologie. Dabei musste er erkennen, wie sehr gerade die katholische Kirche mit dem Nationalsozialismus paktiert hatte. Mit der ihm eigenen Rigorosität bohrte er nach und entwickelte sich zu einem Archäologen des Alltagsbewusstseins: Was hat den Nationalsozialismus ermöglicht, welche Lehren wurden daraus gezogen, und wie ging die deutsche Nachkriegsgesellschaft mit den Verantwortlichen um? Sein erster Roman »Anfrage« (1960) ist ein Dokument dieses für ihn existenziellen Fragens – und ihrer vorläufigen Antworten. Der Roman machte ihn auf einen Schlag bekannt. Der NDR adaptierte »Anfrage« für das Fernsehspiel. Geissler war Ende der 1950er Jahre zur links-katholischen Bewegung um die »Werkhefte katholischer Laien« gestoßen. So radikal, wie er seine »Anfragen« und Analysen weitertrieb, so entschieden zog er daraus Konsequenzen: Als engagierter Autor und Redner auf Kundgebungen und Demonstrationen der Friedensbewegung. Er stellte die Frage nach den Eigentumsverhältnissen, nach Gewinnern und Verlierern der alten und der neuen Ordnung, nach wirtschaftlicher Macht. Als im Umfeld der verbotenen KPD 1965 die Kulturzeitschrift »Kürbiskern« gegründet wurde, war er als Mitherausgeber und Redakteur dabei. Während dieser Entwicklung schrieb er Fernsehspiele für den NDR und die Erzählung »Kalte Zeiten« und zeichnet hier, wie im Brecht'schen Lehrstück, das Bild einer Bevölkerung, die nichts begriffen hat, sich schon wieder einrichtet im deutschen »Wirtschaftswunder« und sich kaufen lässt mit dem Versprechen eines gesteigerten Konsums.

Geissler, inzwischen Mitglied der KPD, verließ die verbotene Partei jedoch, als sich ihre Funktionäre auf das Grundgesetz der BRD verpflichteten und eine neue Partei, die DKP gründeten. Er verstand dies als ein Einknicken vor der herrschenden Ordnung. Weitere Gründe für den Bruch waren die militärische Beendigung des Prager Frühlings und die zentralistische Organisation der Partei, in der von oben nach unten bestimmt wurde und in der die Erfahrungen und Argumente der Basis wenig zählten.

Geissler hatte zuerst nach der Verantwortung der Individuen für Faschismus und Krieg gefragt, bevor er die Frage nach den Eigentumsverhältnissen stellte. Beides – die eigene Verantwortung und die Frage nach den Eigentumsverhältnissen – ließ sich für ihn nicht mehr trennen. Als er 1968 den Einmarsch sowjetischer Truppen in Prag und die militärische Beendigung des demokratischen Reformprozesses öffentlich gegen die von oben verordnete Parteimeinung verurteilte, war klar, dass er gehen musste. Er sehnte sich danach, Teil eines größeren Ganzen, einer Gruppe oder Partei zu sein, aber solche Kollektive konnten für ihn nur aus eigenverantwortlich handelnden Individuen bestehen.

Einen neuen Auftrieb bekam seine Arbeit Anfang der 1970er Jahre. Die westdeutsche Regierung unterstützte den Krieg der USA in Vietnam genauso wie die Kolonialkriege ihrer europäischen Verbündeten, auch der Militärdiktaturen in Portugal, Spanien oder Griechenland. Die deutsche Rüstungsindustrie lieferte die Waffen. In dieser Situation entstand aus der Lehrlings- und Studentenbewegung heraus eine Gruppe, die dieses System in aller Konsequenz, also auch in der Form bewaffneter Anschläge auf seine Einrichtungen und Vertreter, bekämpfte, die Rote Armee Fraktion (RAF). Anfangs genoss die RAF durchaus Sympathien in Teilen der Bevölkerung, vor allem aber an den Universitäten. Auch Christian Geissler sah in ihr reale Chancen, die richtigen Lehren aus dem Faschismus ziehen und etwas verändern zu können. In einem völlig neuen Tonfall schrieb er die Romane »Das Brot mit der Feile« (1973) und »Wird Zeit, dass wir leben« (1976). Jetzt erforscht er nicht mehr die Bewusstseinslage der Durchschnittsbevölkerung, sondern erzählt von gesellschaftlichen Verhältnissen, die den Menschen Gewalt antun, davon, wie Hass auf diese Verhältnisse entsteht und wie der Hass in Aktion umschlägt. Ein Teil seiner Figuren wird zum Teil der bewaffneten Bewegung. Den nächsten Roman – »kamalatta. romantisches fragment« –, mit dem er seine sogenannte »Trilogie des Widerstands« abschloss, veröffentlichte er erst 1988. Er erzählt von den Auseinandersetzungen in den 1970er Jahren, von der Rolle des Einzelnen und seinem Verhältnis zur Gruppe, die auch hier wieder Gefahr läuft, dem Einzelnen die Entscheidung abzunehmen. Es geht um die Mühe ums Leben, im Kleinen wie im Großen, um Gewalt und Gegengewalt. Er legt den Finger in die Wunden, fragt nach Fehlern und Irrtümern. Geissler wollte mit diesem Roman eine Diskussion anstoßen. Doch das ist gescheitert, weil die Gefangenen der RAF sich als Gruppe in der Isolationshaft nicht verständigen konnten und als Einzelne sich nicht äußern wollten. Dieses Scheitern hielt Geissler aber nicht davon ab, bis zuletzt an der Solidarität mit den Gefangenen der RAF festzuhalten, Einzelne von ihnen zu besuchen und ihnen Briefe zu schreiben.

Für Christian Geissler folgte auf die internationale Niederlage des realen Sozialismus nach 1989 einerseits ein unbeirrtes, beinahe trotziges »Jetzt erst Recht!«, andererseits aber ein tiefsitzendes Gefühl des Scheiterns, eine absolut düstere Sicht auf die Zukunft. Er schrieb in den folgenden Jahren vor allem, wie schon zu Beginn seiner schriftstellerischen Laufbahn Ende der 1950er Jahre, Hörspiele. Aus dieser Form heraus entstanden die beiden späten Prosastücke »Wildwechsel mit Gleisanschluss. Kinderlied« (1996) und »ein kind essen. liebeslied« (2001). In ihnen zeichnet er das Bild einer Gesellschaft, in der sich das Wolfsgesetz des Kapitalismus wieder vollständig im Bewusstsein der Menschen verankert hat, in der Menschen für Geld beinahe alles machen und nur noch Einzelne versuchen, den Gedanken der Solidarität hochzuhalten. Verblüffend ist aus heutiger Sicht vor allem, wie hellsichtig Geissler die Abschottung der Festung Europas und sogar schon die Jagd auf Flüchtlinge an den Grenzen vorweggenommen hat.

War Christian Geissler in den 1970er und 1980er Jahren weitgehend absorbiert von seiner beinah manischen Arbeit an der Trilogie des Widerstands und der praktischen Solidarität mit den Gefangenen der RAF, trat er seit 1990 auch wieder verstärkt als politischer Redner in Erscheinung. Seine 2005 gehaltene Rede »Maideutsch«, mit der dieses Lesebuch schließt, ist sein letzter politischer Auftritt. Christian Geissler starb 2008 in Hamburg und wurde in Ditzumerverlaat am Dollart begraben, wo er von 1985 bis 2004 gelebt hat. Eine ausführliche Bibliografie seiner Werke (auch der Filme und der Hörspiele) findet sich im Band »Der Radikale. Christian Geisslers Literatur als Grenzüberschreitung«, hrsg. von Detlef Grumbach, Verbrecher Verlag 2017.

Detlef Grumbach

Editorische Notiz

Sämtliche Texte werden wegen der besseren Lesbarkeit einheitlich in neuer Rechtschreibung wiedergegeben. Die Kleinschreibung ganzer Texte wurde von Christian Geissler bewusst eingesetzt und wird deshalb beibehalten. Dasselbe gilt für spezielle Geissler'sche Schreibweisen wie beispielsweise »tagfürtag«.

Kürzungen innerhalb der Texte werden nicht gekennzeichnet.

Einzelne Worte, Wortgruppen oder Absätze, die sich heute nicht mehr direkt erschließen oder in Suchmaschinen finden lassen, sind mit einem Sternchen versehen und im Glossar erläutert.

Glossar

29 *jenen kläglichen, klugen Vertrag* Geissler bezieht sich auf das zwischen dem Heiligen Stuhl und dem Deutschen Reich geschlossene Reichskonkordat vom 20. Juli 1933 und zitiert im Folgenden weitere offizielle Bekenntnisse der katholischen Kirche zum »Dritten Reich« und zur Kooperation mit den staatlichen Stellen.
56 *berija* Lawrenti Berija war eine Schlüsselfigur der Stalin'schen »Säuberungen« und seit 1938 Chef des sowjetischen Geheimdienstes NKWD. Die Passage spielt auf Heinrich und Alfred Kurella an. Beide waren Brüder der Mutter Geisslers. Alfred Kurella war ein führenden Kulturfunktionär der frühen DDR.
65 *Vizefisch* Ahlers wächst bei seiner Großmutter Kantfisch auf, weil seine Mutter im Herbst 1944 ums Leben gekommen ist. Als Vertreterin seiner Mutter nennt er sie Vizefisch.
68 *KP, (…) Spitzbart und Zone* Die Kommunistische Partei Deutschlands war in der Bundesrepublik seit 1956 verboten. Die DDR war nicht als Staat anerkannt und wurde stattdessen als sowjetische Besatzungszone, Ostzone oder kurz Zone bezeichnet. Walter Ulbricht, Generalsekretär der Sozialistischen Einheitspartei Deutschlands (SED) und Vorsitzender des Staatsrats der DDR, wurde wegen seines Bärtchens oft kurz »Spitzbart« genannt.
70 *Willi* Willi, einer der beiden Söhne von Vizefisch und Onkel von Ahlers, wurde als Teilnehmer des Matrosenaufstands 1918 in Kiel getötet. Ein zweiter Onkel, Leo Kantfisch, wird zum Helden in Geisslers Roman »Wird Zeit, dass wir leben«.
111 *Weihnachtsgeschichte* Berliner Arbeiter und Soldaten besetzten am 25. Dezember 1918 aus Protest gegen den Reformkurs der SPD deren Zeitung Vorwärts.
111 *Bullenförster aus Daressalam* Am 1. Juli 1919 rief die Hamburger SPD das Freikorps unter Leitung des Generalmajors Lettow-Vor-

beck gegen kämpferische Betriebsräte zu Hilfe. Der Major hatte den Spitznamen aus seinen Einsätzen in den Kolonialkriegen.

111 *aus Hungerdachluken gegen die Ordnungspanzer von Obertier Danner* Beim Hamburger Aufstand 1923 attackierten Kommunisten die SPD-geführte Polizei unter Leitung Lothar Danners aus den Dachluken der Arbeitersiedlungen.

112 *Holstenglacis* Adresse des Hamburger Untersuchungsgefängnisses.

112 *Billstedter Jute* Jute-Fabriken in Billstedt, wo überwiegend Frauen arbeiteten und immer wieder Streiks organisierten.

112 *rede, Genosse Mauser* Zeile aus dem Revolutions-Gedicht »Linker Marsch« von Wladimir Majakowski (1918) – Mauser ist eine Pistole.

112 *Schupofips Leo* Spitzname von Leo Kantfisch, nachdem dieser seinen Dienst bei der Hamburger Schutzpolizei begonnen hatte.

114 *das Knechtsmädchen im Gutswald derer von Zachun* Der ganze Abschnitt erinnert an die Kämpfe der Bauern gegen die Gutsherren in Schleswig-Holstein. Zachun nennt Geissler auch in anderen Romanen die Gegend um Klein- und Groß Zecher südlich von Ratzeburg am Schaalsee, wo auch Nina »ihre« Insel (siehe S. 85–90) und Proff sein Refugium (siehe S. 157–167) hat. Bei einer politischen Erkundungstour lernt Schlosser dort das Knechtsmädchen Karo kennen, die später in die KPD eintritt und bei der Befreiungsaktion Schlossers eine zentrale Rolle spielt. Im Rückgriff auf die Geschichte geht es auch um ihren Großvater Jonny, der im 19. Jhdt. in die USA ausgewandert war, die Ausrottung der »roten« Indianer durch die »weißen« Eroberer erlebt hatte und nach Deutschland zurückgekehrt ist.

119 *Meuterwilli* Leos Bruder Willi hat am Matrosenaufstand 1918 in Kiel teilgenommen und ist getötet worden.

120 *Kolonialkameraden* Leo war aus seinem Interesse an Afrika Mitglied der Kolonialjugend.

123 *Orpo* Ordnungspolizei.
129 *Schönfelderstrahlen* Die Lichtstrahlen der Einsatzwagen, hier benannt nach dem damaligen Hamburger SPD-Polizeisenator Adolph Schönfelder.
139 *teddy thälmann (...) ulla penselin* Hamburger Kommunisten und Widerstandskämpfer. Bruno Meyer war das Vorbild, nach dem Geissler den Polizisten Leo Kantfisch in »Wird Zeit, dass wir leben« gestaltet hat. Meyer hatte mit anderen Genoss*innen den Versuch unternommen, Etkar André und Fiete Schulze aus dem Nazi-Knast zu befreien. Fritz Storim war Aktivist der Anti-Atom-Bewegung, Ulla Penselin war Aktivistin gegen Gentechnologie und saß 1988 aus politischen Gründen in Haft.
156 *jarama* Front im Spanischen Bürgerkrieg, besungen von Ernst Busch, bei Geissler oft Chiffre für den bewaffneten Widerstand.
159 *marliring* Anschrift des Lübecker Gefängnisses.
161 *schwarzen Hamburger* Ambivalente Figur aus Geisslers Roman »Wird Zeit, dass wir leben«, die von der SA (schwarzer Hamburger) zum Rotfrontkämpferbund (dann roter Hamburger) gewechselt ist.
162 *tapp und brocken* Zwei Genossen, die auf der Werft an einer Fregatte für das türkische Militär bauen und einen Sabotageakt vorbereiten.
165 *dietegen* Literarische Figur Gottfried Kellers.
178 *aus grauer Städte Mauern ...* Die kursiv gesetzten Zitate stammen aus deutschen Volks- und Naziliedern sowie dem Leitspruch des »Deutschen Jungvolks«, einer Organisation der Hitlerjugend für 10- bis 14-jährige Jungen.

Nachweise

WIR BAUEN EIN BOOT IN DER WÜSTE – PROLOG

Unser Boot nach Bir Ould Brini. Hörspiel, SWR Baden-Baden 1993, Typoskript, Nachlass Christian Geissler im Fritz-Hüser-Institut (FHI) Geis227.

WO WAR IHR HERR VATER AM 9. NOVEMBER 1938, NACHTS?

Anfrage. Claassen Verlag, Hamburg 1960, S. 26–28; 51–61; 69–72; 81–97; 149–160.

SPLITTER 1

nimm mal die hand von den augen: Unser Boot nach Bir Ould Brini, FHI Geis227.

kennst du das?: kamalatta. romantisches fragment. Verbrecher Verlag, Berlin 2018, S. 490.

Es kommt nicht darauf an: Auschwitz, Hiroshima und die Hoffnungen der Menschen. In: Werkhefte katholischer Laien Heft 7/1961, S. 233 (auch: Jahresgabe der Christian-Geissler-Gesellschaft 2017, S. 17 f.).

sie lebt: spiel auf ungeheuer. Gedichte von April 80 bis November 82. Rotbuch Verlag, Berlin 1983, S. 20.

ich komme aus einer ganz gewöhnlichen freundlichen hamburger nazifamilie: peter weiss wäre nicht erstaunt. Vortrag auf den Peter-Weiss-Tagen, Zürich 1990. In: Prozess im Bruch. Edition Nautilus 1992, S. 182 f. (auch: Jahresgabe der Christian-Geissler-Gesellschaft 2016, S. 9 f.).

er war von dem hässlichen lehrer: kamalatta, S. 142.

Zu mir hat mal einer von denen gesagt: Wer das aus dir gemacht hat, Max, der zahlt! In: Kürbiskern Heft 3 / 1971, S. 357.
ein lehrer war stalinist: kamalatta, S. 458 f.
lieber kargow: ein kind essen. liebeslied. Rotbuch Verlag, Hamburg 2001, S. 8.
Nashornlieder: klopfzeichen. Gedichte von 83–97. Rotbuch Verlag. Hamburg 1997, S. 109–114.
höhlebauen ist immer wichtig: kamalatta, S. 433 f.

DAS BIN ICH DOCH ALLES NIE RICHTIG SELBER

Das Brot mit der Feile. Verbrecher Verlag, Berlin 2016, S. 40–44; 79–85; 97–102; 109–115; 173–189

SPLITTER 2

alles böse hat sinn: ein kind essen, S. 68
denn schon: Im Vorfeld einer Schussverletzung. Gedichte. Rotbuch Verlag. Berlin 1980, S. 42.
Er kam mit leeren Händen: Kalte Zeiten. Erzählung, nicht frei erfunden. In: Schlachtvieh / Kalte Zeiten. Verbrecher Verlag. Berlin 2014, S. 194 f.
alles geschenkt, alles verloren: ein kind essen, S. 10.
wo du nicht endgültig gehst: Im Vorfeld einer Schussverletzung, S. 35.
Junge Leute der Kriegsgräberfürsorge: Anregung zum Volkstrauertag 64. Fernseh-Kurzfilm (NDR, Panorama 15. Nov. 1964). In: Die Plage gegen den Stein. Rowohlt Verlag. Reinbek 1978, S. 398 f.
Einmal kam eine Dame ins Haus: Das Brot mit der Feile, S. 130.
proff zog den mantel um sich: kamalatta, S. 329 f.
die eine wand bei sich: kamalatta, S. 55 f.
rot oleander wiegend: kamalatta, S. 284 f.

Hörst auch Du das Fatale: ein kind essen, S. 121.
gitter das: kamalatta, S. 337
aber jakob kargow biss: kamalatta, S. 469
arbeitslos in der schleife: wir erklären die feindschaft. In: Prozess im Bruch, S. 281 (auch Jahresgabe der Christian-Geissler-Gesellschaft 2019, S. 23).

DA IST KEIN KLUGER FREUNDLICHER PLATZ ZWISCHEN MÜNDUNGSFEUER UND AUFSCHLAG

Wird Zeit, dass wir leben. Geschichte einer exemplarischen Aktion. Verbrecher Verlag. Berlin 2013, S. 13–21; 45–95; 113–118.

SPLITTER 3

sie haben zu mir gesagt: Im Vorfeld einer Schussverletzung, S. 59.
Schreibabteil eines Fernzugs: Schlachtvieh. Ein Fernsehspiel. In: Schlachtvieh / Kalte Zeiten, S. 29–33.
Kriege werden gemacht: Alles könnte geschehen, aber nur manches geschieht: Das Geschäft mit den »Antikriegsfilmen«. In: Werkhefte katholischer Laien Heft 4/1960, S. 109.
Aber ist Freiheit das Prinzip: Anfrage, S. 166f.
hamburg ist meine Stadt: »einer kriegt hier blumen, nicht knast.« Rede zur Verleihung des Irmgard-Heilmann-Preises. In: taz Hamburg, 3. Dez. 1988, S. 28 (auch Jahresgabe der Christian-Geissler-Gesellschaft 2018, 13 f.).
es geht kein ausbruch: kamalatta, S. 255.
die KPD ist eine revolutionäre Partei: programmentwurf der kpd, präambel, FHI Geis531.
Hier haben die Möwen: Brief an Till Meyer vom 29. Okt. 1979, FHI Geis1962
wenn sie in ihrem dunst: Im Vorfeld einer Schussverletzung, S. 62.
:wir sind bereit: Im Vorfeld einer Schussverletzung, S. 69.

WAS ICH AM ALLERLIEBSTEN FÜR RICHTIG HALTE

kamalatta, S. 23–29; 40–46; 62–66; 232–239;

SPLITTER 4

meingott die liebe: Im Vorfeld einer Schussverletzung, S. 56.
Man war unterwegs gewesen: Anfrage, S. 18–21.
könnte ich froh sein: spiel auf ungeheuer, S. 51.
Damals saß Honken auf Deinem Küchensofa: ein kind essen, S. 56–59.
Nach meiner Erfahrung geht Widerstand: Brief an Karl-Heinz Dellwo aus dem Jan. 1980, FHI Geis1962.
du willst doch dein leben: kamalatta, S. 95.
wir kennen jene wichtige arbeit: peter weiss wäre nicht erstaunt, S. 198 f. (auch Jahresgabe der Christian-Geissler-Gesellschaft 2016, S. 29 f.).
bloß weil wir aufstehn: kamalatta, S. 293.
Gewiss, die Faust: ein Kind essen, S. 66.

SWINGING EUROPE

Wildwechsel mit Gleisanschluss. Kinderlied. Rotbuch Verlag. Hamburg, 1966, S. 9; 10 f.; 15–18; 20 f.; 27 f.; 35 f.; 59 f.; 75; 76; 77; 95 f.; 115; 116 f.; 120 f.

SPLITTER 5

wieso gedichte: Im Vorfeld einer Schussverletzung, S. 8.
Ich sitz seit Ende August hier oben: Brief an Irmgard Möller vom 6. Nov. 1979, FHI Geis1962.
wörtlich zuletzt meine mutter: spiel auf ungeheuer, S. 38–41.
Dass Dir, der Sonne entgegen: ein kind essen, S. 17

Ach, Ole, es ist in der Liebe: ein kind essen, S. 95.

Was ich, bezogen auf das Urteil: Lidice liegt heute in Südvietnam. 20 Jahre nach den Nürnberger Prozessen. Antikriegstag, Frankfurt 1965. In: Vietnam in dieser Stunde, hrsg. v. Werner Bräunig u. a., Mitteldeutscher Verlag. Halle/Saale 1968, S. 73 (auch: Jahresgabe der Christian-Geissler-Gesellschaft 2017, S. 30f.).

achte mal, wenn die sonne scheint: ein kind essen, S. 34f.

blues sieht weiß: kamalatta, S. 550f.

MAIDEUTSCH. REDE ZUM TAG DER BEFREIUNG – EPILOG

Rede zum Tag der Befreiung, gehalten am 6. Mai 2005 in Dortmund, FHI Geis555 (auch: Jahresgabe der Christian-Geissler-Gesellschaft 2015).

Christian Geissler

WIRD ZEIT, DASS WIR LEBEN

Geschichte einer exemplarischen Aktion

Hardcover in Leinen
mit Lesebändchen

360 Seiten
22 €

ISBN: 978-3-943167-19-1

In »Wird Zeit, dass wir leben« erzählt Christian Geissler mit »balladenhaft-lyrischer Präzision« (Heinrich Böll) vom Widerstand der Kommunisten gegen die Nazis in Hamburg. Als ob er mitten im Geschehen steckt, begleitet er seine Figuren durch die Kämpfe vor und nach 1933. Er erzählt von Gewalt von oben und Gegenwehr von unten, vom Spannungsverhältnis zwischen Kollektiv und Individuum, zwischen Disziplin und Eigensinn - und zieht den Leser in die immer noch aktuellen Debatten mit hinein.

Schlosser ist Funktionär der KPD. Bis zu seiner Verhaftung bremst er den Eifer der Genossen im Kampf gegen die Nazis, verweigert die Waffen und pocht auf Disziplin. Die Genossen von der Basis aber wollen kämpfen. Kämpfen bedeutet für sie Lust und Leben. Vor allem für Karo, aber auch für Leo, der noch 1930 zur Polizei geht, aber später begreift, dass er auf der falschen Seite steht.

Geisslers Roman basiert auf einer wahren Geschichte: Das Vorbild für Leo war der Hamburger Polizist Bruno Meyer, der Anfang 1935 die Widerstandskämpfer Fiete Schulze und Etkar André aus dem Gefängnis befreien wollte. Detlef Grumbach recherchierte umfassend und erzählt in seinem Nachwort erstmals vom Schicksal Bruno Meyers.

Das Buch ist Teil der Christian-Geissler-Werkschau im Verbrecher Verlag.

Verbrecher Verlag | Gneisenaustraße 2a | 10961 Berlin | info@verbrecherei.de
www.verbrecherei.de